小行板

诗歌

毛孝林 著

中国市场出版社
·北京·

图书在版编目(CIP)数据

小行板 / 毛孝林著. -- 北京：中国市场出版社有限公司，2021.10
 ISBN 978-7-5092-2114-3

Ⅰ.①小… Ⅱ.①毛… Ⅲ.①诗集-中国-当代 Ⅳ.①I227

中国版本图书馆 CIP 数据核字(2021)第 188743 号

小行板

XIAO XING BAN

著　　者：毛孝林
责任编辑：张再青（632096378@qq.com）
出版发行：中国市场出版社
社　　址：北京市西城区月坛北小街 2 号院 3 号楼　（100837）
电　　话：(010) 68024335/68034118/68021338/68022950
经　　销：新华书店
印　　刷：成都兴怡包装装潢有限公司
规　　格：145mm×210mm　　　　32 开本
印　　张：7.5　　　　　　　　　字　　数：160 千字
版　　次：2021 年 12 月第 1 版　　印　　次：2022 年 1 月第 1 次印刷
书　　号：ISBN 978-7-5092-2114-3
定　　价：48.00 元

版权所有　侵权必究　　印装差错　负责调换

名家评说

为毛孝林的诗点个赞

　　一叠厚厚的打印文稿放在案前，这是我市诗歌新人毛孝林的诗集稿。我说他是诗歌新人，至少有两层意思：一是他2017年知天命之年才开始写诗，四年的诗龄自然是新的，去年，有朋友将他的诗推荐给我，我觉得不错，就在我刊《文学港》上编发了一组，当时就是作为诗歌新人而推的；第二层意思自然在于他的诗作本身。他的诗，我读出了一些令人愉悦的清新，也读出了一些诗意处理上的稚拙。前者是难得的，像刚下山的溪流，后者可以说是他写作的自然状态，也可以说是为他今后写作的成长留了更多的空间。之所以这样说，是因为他的诗，对于写了四十来年的诗歌、接触了大量的诗人、阅读了大量诗歌的我，有一种难得的非技术化的真挚。现在的我，要问有什么词最让我磨牙的，无非是"成熟"两字。成熟了，有时候就意味着定型、僵化、模式、自满、重复等，与其这般，相对的稚拙反而有一张可爱的小脸。

　　同在一个城市，同写诗歌，我读过他的诗，他也读过我的诗，我与他至今没有谋面，这似乎有点无理。这让我想起 20 世纪八九十年代，那时候，但凡身边冒出一位新诗友，大家都会想法见一见，招呼着喝顿酒，似乎这样才有一种抱团取暖的感觉。但现在是互联网时代，我们各自写着各自的诗，只在圈里以作品相见，点着友谊的赞，送着爱心小玫瑰，似乎也挺习惯还挺纯粹的。两种相处的方式，都挺好。不是吗？

从我的老朋友远岛为毛孝林写的序中，我才知道，毛孝林还是在他的鼓动下开始写诗的。我相信远岛的目光，他不会无缘无故随便去鼓动一位中年人提笔写诗。如果没有写诗的潜质，远岛肯定不会当这个伯乐。这份潜质，在我读毛孝林的作品时，也感受到了，就是不知我的感受与远岛的是不是完全相同。毛孝林的诗内质是轻柔的，感觉很敏锐，他的诗句传递给我的，是一颗心的柔软和温暖，还有那么一丝丝羞怯。远岛的序中对于毛孝林的诗歌，有比较详细的文本剖析，这些剖析我都非常赞同。如果还有补充夸夸的，就是他对于诗意处理上的干脆和内敛。也许是人到中年，毛孝林对于诗意的控制力，显得特别自然，自然得仿佛就是天性，这让我不禁猜测起现实中的他，是不是像他的诗歌表现的那样，也是一个谨慎的、自控力强的、循规蹈矩的人。这又让我想起我的一位诗人朋友经常说的话："悟到什么程度，写什么程度的诗。"不过在这里，我想改一改，就是到了什么年龄，写什么样的诗。所以，虽然他刚写诗，是诗歌新人，但他的诗歌也跟着他进入了中年心境，那种克制和内敛，于诗歌艺术而言，是天然的助力。

自然，对他的诗歌，我也有一些阅读上的不满足。所以我也想与他讨论几个诗歌创作上的问题，这些问题也是许多诗歌创作者包括我都在思考并努力在实践的，比如他的过于温和的诗意所呈现的中庸,是否会少了一些力量?比如如何增加情感的冲击力?因为他的诗歌因细腻而轻柔,会少了一些粗粝、让人刻骨铭心的东西;比如如何尽可能地让诗歌有更大的内容量、更多的外延?因为他的不少诗歌,状物或写景,似乎有些被框住了,见山说山,山便小了。

这些其实都不是什么大问题。四年的诗歌写到这一步,已是很了不起了,相信继续写下去,诗歌的表达能力一定会更加出色。

其实我最欣赏赞叹的是他的写作状态,这种状态从后记中能窥得一二,那是一种随心自在的写作。由此我也想到我常常被圈外的人问起为什么写诗的问题,在他们的认知里,写诗的人大多多情、易感、浪漫,而我总会予以否定,我总会说,写诗的人从不比谁内心更充沛,只是选择了诗歌这种比较特殊的表达方式。诗歌是表情达意的手段,诗歌创作者只是觉得诗歌恰好能更准确地表达好恶、表达情感及对世界的洞见。如果一定要让诗人与浪漫扯上关系,我只能说,选择诗歌这种艺术手段去表达,方式是浪漫的,就像用音乐绘画等艺术形式来表达很浪漫一样,但反过来并不成立,不是因为浪漫才写诗,这也是"悲愤出诗人"得以成立的缘由。为表达而写诗,不怀着名扬天下而写诗,这才是诗歌创作者的初心。写到这里我想起宋丹丹说的那些话:原本只想要一个拥抱,不小心多了一个吻,然后你发现需要一张床,一套房,一个证……离婚的时候才想起:你原本只想要一个拥抱。其实我们众多的诗歌创作者何尝不是这样,原来只为表达,写着写着,诗歌之外的东西就挤进来了,诗歌也成为我们炫技炫才炫名等的方式,离开了我们写作的初衷,让更多诗外的东西成为我们的负累,也平添了许多烦恼。

想到人到中年才拿起笔写诗的毛孝林，想到他只为表达而写诗的心境，如此健康、阳光，想写就写，想结集就出版，取悦了自己，也给我们带来新鲜出炉诗人所自带的新人能量，这样的回归本源，呈现初心，自然非常可贵。对此，我也愿意为他再点个赞。

荣荣
2021 年 8 月 9 日

（荣荣：《文学港》杂志主编，浙江省作家协会副主席。）

序言

海风中拧出的歌

在物欲横流的今天，仍有人耐得住寂寞，守得住清贫，在精神世界里苦苦探索，"衣带渐宽终不悔，为伊消得人憔悴"。

毛孝林就是这样一位虔诚的精神家园的追求者。为了诗歌，他远离绚丽的诱惑和流光溢彩的喧嚣，躲在陋室读书、思考、写诗，渐渐地得到了缪斯女神的青睐。在诗集《小行板》中，有不少精致工巧、熠熠闪光的短诗，这些诗抒情咏物，奇思妙喻，引人遐想，耐人回味无穷，宛如一粒粒诗海里的珍珠，仿佛海风中拧出的歌谣，咸而有味。

抒写情怀，把控于化虚为实，显示不凡的"易言人之难言"的功力。例如《南瓜花》，是一个被人写烂了的题材，可在他的笔下却能著手成春，鲜活无比："在阳光灿烂的笑声里／我种下了一颗希望／从泥土里跳出音符／铺展开鲜嫩的遐想。"

无影无踪的《花语》，作者注入想象后，巧妙地由听觉转换为视觉展开："无声的呐喊，抑扬着／铿锵的不愿孤寂之词／鲜艳的思想／正把那些低垂的苍白脸颊／从寒意中扶起。"在诗中，通感的手法运用自如，他甚至把难以言传的寂寞、思念之情，也演绎得那么熨帖可感，如《人生若只如初见》："人生的路/除了荆棘更多的是/不期而遇……梦已经出发/心却在原地徘徊/帆的翅膀堆满潮湿/曾经的涛声/无法冲淡夕阳的吻痕。"

作者除了传情，也妙于三言两语说理。《界限》如此隽永地阐明了丰富多彩与兼容并蓄的关系："界限，来自盐分/当那一层薄薄的虚无被盐化/爱之舟犁开的波纹/彼此拥有的是同一朵浪花。"《无痕》则以诗情画意蕴含继承与创新的渊源："岁月无痕/脚步，在不断延伸/背影，在越走越远/而我寄居在血脉里的那股潮汐/依然无法从时光的沙滩上退去。"

咏物的小诗更为多姿多彩。如《兰花》的夸张："春风掠起岁月的涟漪/坚守了一个冬天的隐忍/从大地的骨子里直抒胸臆。"《石榴花开》的娇美："南风抚摸昨日的憧憬后/浓荫上的柔情更加妩媚了/被点燃的欲望/摇曳出内心的幻影。"《笋》的奇艳："春雷溅起的第一波涟漪/破土的笑声/在星星的窥视中鼎沸。"《湖畔》的逆反："黑夜的冷意/模糊了远方的灯/泛着淡淡云彩的午夜星空/月光依然抚摸湖畔的石凳。"它们奔放自如而又不失简约和谐之美，精致自然而无矫揉造作之弊，堪称微而不近的微型诗佳作。

诗不是写出来的，而是从心灵深处涌出来的，胸中海之无涯，才有诗情浪花。毛孝林生在海边，脱下军装后，到世界级的大港工作，他不再迷恋沙滩炫目的金黄，而是倾听东海演奏的雄浑乐章。海的气质注入了他的血液，腥咸的潮声在他的灵魂里澎湃，不拘一格的海风雕就了他有棱有角的性格，因此，他也从波涛和浪花中找到了诗情。如《海，正析出她灵魂的骨骼》："凝聚了新鲜蛋白质的曙光/注入大海从深蓝色梦境中绽开的脸上/粼粼的思想在沐浴了的涛声里涌动……浪花击碎了海天的寂静/风传送着歌声，波纹下的星辰在跳跃。"他在钢铁的轰鸣和汽笛的交响中觅到了艺术的珍味，如《蔚蓝色的梦》："承载了太多渴望的港口，在旧貌换新颜的号角中/岁月的咸涩纷纷抖落，沉郁的酸楚——坠入海底/坚硬的意志扎向波涛的深处。"

从本质上，诗是感悟的宣泄，诗表现的是灵魂的受难与欢欣；从结构上看，诗由意与象，或者说由已知与未知部分组成。从技法上看，诗的技巧，最大秘密则是虚与实、藏与露的关系，以及分寸把握问题。毛孝林的诗藏中有露，露中有藏，如《老屋》："老屋越发沉默寡言了/夕阳中浓缩成了一本/精致的古装书/燕子倒是照旧来翻阅/曾经的往事/从衔来的时髦语言中/也带着些南迁北往的辛酸。"

金末元初著名作家元好问有诗云："诗为禅客添花锦，禅是诗家切玉刀。"在旨意的不说破，贵暗示这一点上，诗禅有共识。禅认为"说破便有限"，诗也认为"说破便无诗界"。因此，诗的世界是隐喻的世界，暗示的世界。毛孝林的许多诗作都是"说一半，留一半"，如：《黄昏教堂顶旋飞的鸟群》："千百只鸟，拽着天空围绕教堂顶/旋飞，黄昏不断地在失重/在倾斜……而此刻，它们带着一种无法感知的隐喻/在自身体内的教堂旋飞/是神在降临或召唤？还是/鸟在倾诉或祈求？"诗中的疑问，给读者留下了想象的艺术空间，让读者得到了"再创造"的乐趣，作者和读者共同构建了弹性和张力。

读毛孝林的诗，被他的美所震撼："油菜花金色的喧哗/漫过远处的青山/涧水泛着合仄的韵律/娓娓道着油菜花/的前生今世。"油菜花怎能喧哗，且娓娓道来？但诗人让它说话，它就能发出悦耳的声响。它发出的声音难道不是诗人心中的激情吗？诗人为我们创造出来的美是纯净的天籁，不是世间任何世俗可比拟的。

一个优秀的诗人，总是从平凡中看到美、发现美、发明美，而我们跟随诗人的眼光，也看到美的音符在跳跃，毛孝林正在向这个方向不断努力探索。曾有诗论家说，当帝王将相还有贵人全部被历史的尘埃淹没，诗人的作品还像青铜铸就的雕像，屹立在人们的记忆里。

是为序。

远岛
2021年7月于宁波

目 录
CONTENTS

第一辑　花间意

南瓜花	002
雏菊	003
梅	004
兰花	005
西畈油菜花	006
石榴花开	008
笋	009
花语	011
垂老的丝瓜	012
苦瓜	014
一瓣红叶落在汽车挡风玻璃上	015
人生若只如初见	017
相思的雨季	019
风的片段	020
湖畔	022

界限	023
无痕	025
十里银杏长廊	027
红杉林	028
赤滩古镇	029
双星	030
雪夜	031

第二辑 单结构

休闲捕鱼	034
潮间带	035
开渔前的石浦港	037
过东门岛	038
东海夜钓	039
山居海景夜饮	040
蝉	042
海，正析出她灵魂的骨骼	044
暴雨下的城市	045
战士第二故乡	046
情结	047
碑	048
黄昏教堂顶旋飞的鸟群	049
入夜后的甬江岸边	050
守望	051
劈柴	052
灯笼	053

春联 054

这一年 055

走进三月 056

垂钓 057

历程 058

老花镜 059

端午 061

招宝山之光十首 063

搁置在码头上的锚 072

景观池里的金鱼 073

花盆里的苋菜 074

冬天的深处 076

烧菜 077

三月方知肉味 079

饱满的春天 080

心田里的春天 081

检省 083

第三辑　点描集

初春的九龙湖 086

海上石林 088

岱山港的渔火 090

岱山徐福像 091

如果徐福再次东渡 093

暮冬的外峙岛 095

冬日的山溪 097

小山公园	098
总台山烽火台	100
书法	102
篆刻	103
后海塘	105
招宝山	106
安远炮台	107
镇海口海防历史纪念馆	108
不朽——陈寿昌烈士纪念馆	110
宁波帮	111
庆安会馆	112
佛教居士林	114
七塔禅寺	116
太行山崖柏	118
锡崖沟挂壁公路	120
开封府	121
包公祠	122
大相国寺	124
延庆观	125
黄河花园口决堤扒口遗址	127
清明上河园	128
新疆游七首	129
澳大利亚新西兰游十一首	136
殷家湾	145
在西苕溪	146

第四辑　找根音

铜火熜	148
木提桶	149
袁大头	150
镴酒壶	151
父亲的锄头	152
千层底	154
老屋	156
西岩之夜	158
今夜我拥有你的妩媚	159
或许乡愁	161
雪	163
冬月	165
尚书第	167
福星桥	169
奉化江之源	171
沉默的竹排	173
灯火凝结在清凉的时间上	174
古树	175
三维彩绘农耕图	176

第五辑　多重奏

宁波港	180
桥吊	182
水手	183

汽笛	184
海港工匠（一）	185
海港工匠（二）	187
海港的灯火	189
被灯塔照亮的海	190
台风过境	191
上班族	193
清洁工	195
蔚蓝色的梦	197
变迁	199
跨海输电铁塔	201
留在口碑上的责任	202
慈城清风园	203
等待	204
定风波	206
集卡车	207
金属质地里的美	209
春风，让海水变得更蓝	211
桨声，不断将波浪翻向新的册页	213
一切都在收获	217

后　记

晚潮没有退尽的一缕波纹	220

第一辑◎

花间意

南瓜花

在阳光灿烂的笑声里
我种下了一颗希望
从泥土里跳出音符
铺展开鲜嫩的遐想

绿色的手掌遮挡着
鹅黄的笑意
长长的藤蔓拥抱着
大地的深情

簇新的花蕊
藏着南瓜花最深处的秘密
蜜蜂穿梭在两朵花之间
总是不经意间告诉爱情信息

夕阳亲吻南瓜花的额头
南瓜花馥郁的心事在风中摇曳
清纯的诗情画意
掩饰不住南瓜的消息

雏菊

从原产地来到中国
其君子风度和烂漫风采
想必不会有人置疑
但要列为岁寒四君子
恐怕就牵强了
陶渊明是否将其视为知己
则更是很难回答的问题

其实在漫长的寒冬
雏菊就已完成了
对上述问题的沉思

当春的体温焐热了大地
菊正一瓣一瓣
剥开自己饱满的思想
阳光下犹如千百只手
推开世事的纷扰
一颗一颗展示出坚贞的心
且把体内全部的血
燃烧成五色的梦

梅

从山上移栽来的梅树
年轮里山崖的回响
唤起阳台荒芜的绿
阳光缠绕略显消瘦的脸庞
季节在枝头上追逐
自信消弭着岁月的寂寞

暖冬已不是个新名词了
只是雪,是否会像山谷中那样的落下
枝条早已遒劲地伸向天空,蓄势
托住记忆中的那片苦寒

风,又吹醒一个黎明
从花蕾绽开的浅浅笑意中
梅正启齿欲言

兰花

因为无枝可栖
游走在山野的最后一波春寒
无法在时光的高处筑巢

春风掠起岁月的涟漪
坚守了一个冬天的隐忍
从大地的骨子里直抒胸臆

不在乎蝶的聆听
不在乎蜂的颂歌
不在乎雅士们为之戴上冠冕
低凝的目光触摸昨日的脚印
飘在诗句里的幽香
是我消瘦了的语言

西畈油菜花

春风轻轻的一声寒暄
整片梯田便躁动起来

笑盈盈的花瓣
轻抚着白云的脸颊
绿叶把暖暖的手
伸向多情的大地

油菜花金色的喧哗
漫过远处的青山
涧水泛着合仄的韵律
娓娓道着油菜花
的前生今世

蜜蜂把颂词传遍了乡村
甜甜的思绪，渗进
粉墙黛瓦的骨骼
飞鸟的翅膀，吻住
西坠的夕阳

在梦被点燃之前
村民用带露珠的目光
擦亮一片天空

石榴花开

南风抚摸昨日的憧憬后
浓荫上的柔情更加妩媚了
被点燃了的欲望
摇曳出内心的幻影

意志的光芒穿越黑夜
暧昧的身影缠住了原野
星星的眼神相互碰撞
虫鸣细诉着蝴蝶和蜜蜂的诺言

当露珠把梦境中的笑脸洇开
枝头垂挂的遐想
正透出满腔酸涩与清甜的爱

笋

趁着黑夜渐渐消瘦
竹,掸去披在身上的
最后一丝寒意
孕育了四个季节的谦谦虚怀
在地层下萌动凌云的意志

春雷溅起的第一波涟漪
破土的笑声
在星星的窥视中鼎沸
崭露的头角
把天空顶得一片斑驳

清风梳理着春天的心境
坚毅的目光
从细嫩的枝头射出
不断穿越躁动的时间

细细开放的叶子
占据了整个山谷的宁静
当甘露浸润包容的心扉

这不断拔高的气节
谁也无法阻挡奔向晴空
的脚步

花语

阳台上的一株朱顶红，寒冬时
就高高地举起蓄满火焰
的花苞，但直到
春风漫过它的额头
才以仰成向上四十五度角
的肯定姿势
展露它坚贞的自信

面对充斥着病毒的空气
它将花瓣舒放成喇叭状
茎液在脉管中亢奋地涌动
无声的呐喊，抑扬着
铿锵的不愿孤寂之词
鲜艳的思想
正把那些低垂的苍白脸颊
从寒意中扶起

垂老的丝瓜

在村前屋后广为栽种
曾经是最常见不过的景象
如今,几根沉甸甸的垂挂
成了村庄醒着的标志

攀缘在枝架上的藤蔓,青春的笑容
早已消逝,枯萎了的叶子
再也无法撑住一片蓝天,只有
停止了触向远方的脚步,依然保持着
执着的姿势,保持着藤蔓
与枝架曾经的默契

时光的棱角越来越分明
西风的寒意,切割着
丝瓜昔日蓬勃思绪与
如今日渐松弛意志间的情结

丝瓜的根仍紧紧地扎在泥土里,黄昏
在不知不觉间加重,孤零零悬着的丝瓜
或许自己并不知道,在最后一段

慵懒的日子里，梦
将在经霜的命运藤架上
不知不觉地腐烂

苦瓜

命运被名字写在一起，纤细的藤儿总是
往藤架外逃逸，娇小的花朵开得格外
小心翼翼，多姿的美丽
总是担心会被嫌弃

红润润的眼眶在风的记忆里，这不是
泪滴，苦涩涩的笑靥在梦的憧憬里
瓜已满身荆棘

让阳光住进尘封的心里，沐浴疲惫的
身体，让夜晚充满欢乐的静谧
酝酿爱的诗意

苦并成长着，这是岁月对瓜的洗礼
生活如果没有了苦，甜
也将失去意义

一瓣红叶落在汽车挡风玻璃上

这是开车去乡下度周末的路上
深秋的阳光依然有些炙热,几根
金黄的光线穿透季节交替的缝隙
牵动着乌桕树叶火红的神经
树叶涌动着饱满的情思
在生命的轮回间徘徊

树叶已接受足够多的赞美目光
对渐起的寒意已心中有数
在风的抚慰中,终于
放弃了最后的坚持

这最凄美的弧线
擦痛了一个季节的心情
隐忍着伤痛的词汇
砸在没有设防的汽车挡风玻璃上
把它当作书签吧,专门为
爱的篇章增添一段情节
把它当作寄给远方
的一枚邮票吧,这里有

最新鲜的一份回忆
和思念

停车坐爱山林晚
哦,我还是在多情的胸口
挖一个诗坑,掩埋红叶的
前世和今生

人生若只如初见

人生的路
除了荆棘更多的是
不期而遇

夕阳中梳理点点滴滴
往事摇响如风铃
不曾走远的背影
拾起一片无助的煎熬

梦已经出发
心却在原地徘徊
帆的翅膀堆满潮湿
曾经的涛声
无法冲淡夕阳的吻痕
在孤灯的视线里
叹息,被月光搂抱得更紧

凝住了的双眸
依然擦亮着阳光的笑声
心门的栓

需要默契去打开
人生若只如初见
彩虹过后
期待
源自静默的深情

相思的雨季

总是以沉默掩盖孤独的事实
总是以微笑诠释无助的寂寞
封存了的思念,总是挣扎着
从黑夜的缝隙里探出

往事的影子带着芬芳的余温
铭进心扉的词汇拥抱着梦的面容
不断被月光侵蚀的裂隙
渐渐拉开昨夜与明夜的距离

无法放晴的心空
徘徊着相思的乌云
心酸和痛楚的雨水
堆满乌云的面颊
拧不干的绵绵雨声
低吟成一个季节的茫然
汇流成河的倾诉
能否浇醒干涸的情感

风的片段

（一）

徘徊在枝头的一片秋意
在淡淡的冲动中
遽然的拥抱
投在陌生的肩膀
一地的情思
燃起无穷的向往

（二）

梳在湖中的一抹妩媚
在柳枝弯腰的低吟中
盈盈的深情，擦亮了
茫然中的一片纯情
夕阳的吻痕
漾成一波新酷的笑意

(三)

泊在晚霞里的无楫之舟
憧憬，在海平线上延伸
帆，高高扬起而又
无助的脸上
挂满执着、遗憾与无奈

(四)

期待着绯红黎明的梦
闪着昨夜多情的眼眸
心酸的泪水
浇湿了青涩的心空
倒映着的清晰面容
在月光冷冷的摇晃中
破碎成支离的妖娆

湖畔

一截晚归的光线缠住了
婀娜的柳条,逆光中的嫩绿
摇曳着飞扬的思绪
游步道上落满绯红的笑意
远山、晚霞、花瓣、鸟鸣
在波光潋滟里跳跃

黑夜的冷意
模糊了远方的灯
泛着淡淡云彩的午夜星空
月光依然抚摸湖畔的石凳
被风吹散的一对影子
半弯着身子,在滴血的记忆里
捡拾着各自的孤独

界限

河水捧着最初的纯真
在青山绿水间宣讲着
爱的奥义
千百回的蜿蜒之后
微笑着
把生命的旅程
以及漫长的梦
缠绵地投进海的怀抱

海水用带盐的目光
将浪涛和冷傲
以及蔚蓝色的孤独
从容地漫向涯岸

当河水与海水如期而遇
相拥而抱的是一道莫名的界限

界限,来自盐分
当那一层薄薄的虚无被盐化
爱之舟犁开的波纹

彼此拥有的是同一朵浪花

面向大海
发现我的体内也有一片海
波涛正托着思绪从胸中涌出
我赶紧掬饮一捧白浪
咸涩,已先于泪水之前溶化

无痕

波浪,沿着海平线一路欢歌而来
卿卿我我地追逐着踏上沙滩
在柔绵的港湾逗留、筑梦
将一段深蓝的纯情
凝固成洁白的誓言
我不知道,此时的波浪
是否找到了归宿,是否
握住了永恒

但我发现,波浪
一波一波从容地从沙滩退去,沙滩
刻录了波浪退去时的缕缕泪痕
寄居蟹从沙滩的洞穴中钻出,细数完
泪痕中遗下的眷恋后
把感伤一一埋进沙滩深处

应和着星际天体的轮回和低唤
掀起的更大波澜,终将
消失在苍老的默契中

岁月无痕
脚步，在不断延伸
背影，在越走越远
而我寄居在血脉里的那股潮汐
依然无法从时光的沙滩上退去

十里银杏长廊

当你把一个季节的底色
染成带有不敢接近的怯意
我知道你的体内已蓄满了炽热
你微笑中递出真诚
我带着心底燃烧的火焰与你赴约

我曾不经意间悄悄走进你的内里
带着思绪之外的歌声
在你脱尽了枝叶的初冬
恬静，无法掩盖你伤怀的孤寂

如今我又一次来到这里，黄昏中
你金色的脸上徜徉着灿然和从容
时光健忘。寒意又将穿透你的憧憬
我凝视你多愁善感的眼神
不忍俯拾一截十年前的痛楚

红杉林

宁国没有铁路,尘世的喧嚣尚未抵达这片
宁静的山乡,通往这里的公路便有了
"皖南川藏线"的美誉

青龙湾水库连片的落羽杉,唤醒了这里的秋天
我蹑脚走在落羽杉用全部生命热情绽开的
大爱里,我不敢大声喧哗,怕惊醒
沉醉在枝叶里的温和阳光

此刻不需要晚霞,你已经用真挚的情怀
将落日燃烧的心融合在一起,我用遐想穿过
这片红杉林,我知道在红杉林的尽头
有梦在等待,等待你用温润的笑意
将月色染成红盖头

当微风拂过,你发现
水中泛动的倒影,就是
美艳的新娘

赤滩古镇

这里曾是青弋江水上的航运要冲,桅杆
和帆影汇聚了昔日的繁华

如今,随着江水的流逝
河埠平静,商贾远去

留在古镇青石路面沟槽里的独轮车辙
记录着先民生活的厚重,每户门前
都悬挂着失眠的灯笼,依然
照亮着远处而来的脚步

在半明半暗的光线里,小街中央
一位孤寂老人坐在低矮的椅子上养神
一只猫守护在她的旁边
如同守着一个不舍不弃的念

通向原野的小径,一对情侣
牵起一截坚固的时光

双星

今夜,我在茫茫的人间迷了路
我在命运的缝隙里独行

天边有一对双星
宁静的光,闪着高寒与圣洁
它照亮着失眠的人,也照亮着更远处的黑和
更深处的迷茫

我凝视双星,在寒冷的感应里
我们近在咫尺又远隔天际,我们有
触不到的执着、无奈

双星在自身的轨迹里行走
我在记忆的行踪里徘徊
你依然照亮着我的梦
我和你隔着茫茫的星际

雪夜

此刻,那瓣期盼的名字骤然降临
我迎迓,并用心触摸
它确有干净的体温

这处子的肌肤,柔和白亮
时光之河泛着青涩的涟漪
我越过你内心的堤坝
在你萌生着春意的体内游走
我把向往藏进你的心跳里

你纯洁的眸子有泪水晶莹
透出的目光凝结成甜蜜的忧伤
木质的小屋,六弦琴声在流淌
爱的民谣在雪的寂静里盛开

第二辑 ◎

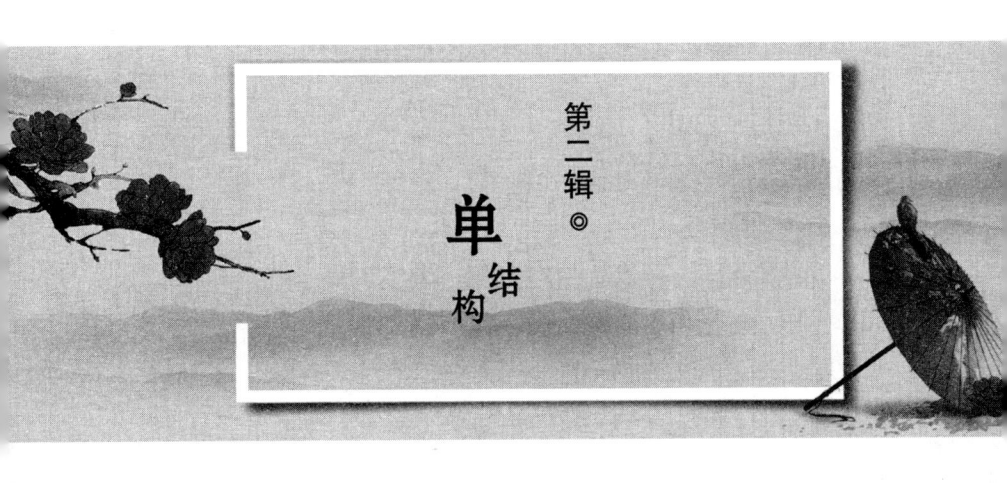

单
结
构

休闲捕鱼

阳光很温和，但海面上仍有
几朵白云投下的暗蓝色的阴影在徘徊
像是大海此刻更真实的内心

十几艘观光游艇，拖着
游客好奇目光编织的网
在石浦港海域不停地穿梭
鱼在游艇的夹缝中奔跑逃生
船的螺旋桨不断旋起鱼群疲惫的汗滴
从渐渐漾开去的波纹中，鱼群昨日的
憧憬已迷失于今日惊慌的轨迹

面对幽暗的命运，一群裸露着
惊魂未定的心跳、仍在发育的鱼虾和贝壳
被两个渔夫拖上游艇

海，正被以休闲的名义
逼向贫瘠

潮间带

这是退了潮的滩涂,芦苇在秋风中
努力挺起低垂的、白茫茫的柔情
水鸟拽着白云,把天空
拉得很低,阳光
射进了招潮蟹的穴居
招潮蟹刮舔着淤泥,探出
两粒黑点状的眼睛
试图寻找砸醒了美梦的外敌
弹涂鱼在一窝窝的水洼里
嬉戏跳舞

几个渔民,划着小舢板
在潮间带用竹竿张网
这是沿袭了上辈人的
原始捕鱼方法

浪,一波一波穿过绷紧了的网眼
执着地涌向自己的目的地
而后……

当滩涂又一次赤裸浑滑的肌体
渔民从湿漉漉的潮声里
打捞起一片咸腥的笑意

其实，我们看不见的头顶上方
也张着一具无形的网
在生活的潮间带
那份迷惘、失落和遗憾，甚至绝望
总是在不经意间被
命运之手
打捞起

开渔前的石浦港

晴朗的天宇下,阳光的张力
正在被空气中的嘈杂逐渐抵消
千艘渔轮的踌躇,压缩在
马达不愿苏醒的沉默里
咬在淤泥里的铁锚,松动了
锈蚀的牙关
波浪绵延的感慨,一直
漫进港湾的深处

岸上的民谣即将唱开盛大的帷幕
透过东门岛大桥高高隆起的弧度
港域外的海面正泛起几分凝重
海修复了短暂创伤的内心
依然无法消除惊恐,无法
挣脱被不断膨胀欲望的驾驭
面对甲板上渔网重新收紧了的网眼
海知道,将又一次被渔网
拽向茫然

过东门岛

东门岛并不大,也不高
但因为有了它的锁钥
内侧的港湾,把风浪压回到了海的体内

开渔节未至,这里的天空
依然被靠港渔船的桅杆挤得透不过气来
沉寂多时的渔船,正在顾盼
更为广阔、汹涌的大海

现在是开渔节的前夕,渔民的
亢奋,鱼汛般在这一小片港面汇聚
通往海神庙和妈祖像的栈道
在潮声的抚摸中
加重了对远方的感应与默契

九月的天空蓝得有些透明
神坛上祭旗猎猎
妈祖慈祥淡定的眼神,正准备
接受渔民的祈求
让他们取走出海的平安

东海夜钓

因为伏季休渔,此刻的渔山外海域正露出她
丰腴的肌体。夜幕落下
海天又一次完成灵魂的交合
海多情的内心跳出海面
娇羞地躁动

从钢质渔船上投出的灯火
顶开海天短暂的梦境
随波漂流的浮游生物
依然追逐着漂浮的行程
点燃了的诱惑
擦亮不同层面鱼群的贪婪
揣着美好,方向和速度
是从不背叛的执着

屏住呼吸,手掌里的闪电
握住了宇宙的颤动
没有妥协可言,海底的嘶鸣
被从容拽起

山居海景夜饮

鱼师禅寺的山灯点亮之后
木鱼吐出的梵音
净化了二湾山一天的聒噪
蔚蓝的风沿着钟声拾阶而上
将满身燥热的暮色
腌成一截一截淡淡的影子

半坡上山居海景民宿门前的
两棵大樟树
缀满星子的细语
月光的碎片
落进心的角落

饮酒正其时
——干
酒杯碰出的全是
三十年前的往事
而开酒瓶的节奏
亦如当年扣扳机的节奏

星光不断镂刻彼此的透明
而酒已注定无处可沽
面对涨潮的海滩
续饮渗满月光的淡淡思念
也不失为一件惬事

面向大海，俯身远眺
石浦港隐约的渔火
点亮了飘远的往事

蝉

月光,仍被当作夜饮的下酒菜
一截一截被咀嚼,在几朵渔火的蛊惑下
落花吻向游鱼的脸颊。挤在静谧一隅
的蝉,被乍然加快了奔走步伐的
水声惊醒,鸣叫如军号般穿透晨曦

阳光的思想不断饱满,蝉声
袅袅的长音,一缕一缕地缠住了
夏不断雍容的体态,也缠住了
童年深处的乡愁

所谓乡愁,无非是用竹竿缠满蛛丝
粘住蝉翼,粘住满树的蝉鸣,以及粘住
一个夏季的走失

叶落无声,蝉始终把执着筑在
树的年轮上,守护着高亢的孤独
为大地制造寂静的爱意

一声声知了　知了

我穿行在城市这片钢筋混凝土浇筑
的树林，俯身从黄叶中寻找
被点燃躁动的秋

海，正析出她灵魂的骨骼

凝聚了新鲜蛋白质的曙光
注入大海从深蓝色梦境中绽开的脸上
粼粼的思想在沐浴了的涛声里涌动

追着早潮，海燕从南方衔来一股暖流
炙热的词汇洒满大海辽阔的心房
翻飞的身影，闪动着海深沉的仰望

岛屿、港湾、浅滩、海隅……
浪花击碎了海天的寂静
风传送着歌声，波纹下的星辰在跳跃

当群山呼唤海的名字
热情点燃的一团团火焰
海，正析出她灵魂的骨骼

暴雨下的城市

乌云终于将内心全部的积郁
倾诉在城市平静的胸口
城市高烧的体温迅速消退

失控的雨,依然击打瓦面、窗玻璃,以及
城市暴露的神经,大地错愕的表情
让潮湿的嗓子喊不出痛

雨水在广场、街巷汇聚
积水中闪烁的汽车尾灯
隐约成了隔岸的渔火

暴雨涨破了夏。乌云仍在堆积
从雷电撕开的缝隙,依然窥见乌云内心
飘忽的阴影

蛙鸣潮汐般涌入夜色
陌生的水域
声声叹出对曾经池塘的眷念

战士第二故乡

这是一首歌名。歌声来自高亢的
内部,穿透那片绿色的回响
擦亮一个时代的信念。湛蓝的音符
在辽阔的大地上跳跃,钢质的
歌词,在时间的河流上发光

这是一个家园。来自五湖四海的
青松,十八岁的年轮在这里开花
"死生契阔,与子成说",海风淬炼了的
心愿,守护着热血浇筑的梦
云雾、海礁、浪涛、营房
谱写着青涩的乡愁

这是一个地名。2.95平方公里
的海岛,歌声引路,跨过六十年的
从容与静默,曙光
又一次从守岛哨兵的枪管中
射出,点燃海的笑意

注:"死生契阔,与子成说",引用《诗经》的诗句。

情结

岁月的潮汐,渐渐
漫进眼角、前额,以及两颊的褶皱
一截截逼退行程中沉淀的
积垢,以及内心泛起的浮躁

灌满风雨的戎装,早已
融入相框中山河万里的一道色彩
而橄榄绿酿出的意志
依然淬炼着航程中的锐气
浸染着爱的路标

十九岁在血管中涨成的咆哮
坚定着越发坚硬的梦
胸中的那支枪
依然保持射击的姿势
行走在斑驳弹痕上的思绪
无法磨损对靶心的记忆

大地宁静,星空闪烁
不知何时,地球上永远不再有子弹
划出的弧线

碶

一种叫作碶的水利设施
被修筑在河流与海的衔接处

时间在流淌,碶上的闸控制了河流的中枢神经
调节着河流多欲的情感和善变的身段

时间在凝固,碶上的闸锁钥了大海不羁的内心
阻隔着大海无法隐忍的涨落

我们在逆光中穿越时间的河流,面对命运里
暴涨的水位,需要一座情感的碶闸
来调剂血管中偾张的倾诉

黄昏教堂顶旋飞的鸟群

千百只鸟,拽着天空围绕教堂顶
旋飞,黄昏不断地在失重
在倾斜

这是一座位于城市中心的基督教堂
此刻教堂内没有圣歌唱响
但肃穆依然加重着黄昏的分量

这些鸟,和我从前见过的
在林间翻飞的鸟儿并无不同
在湖畔奋力拉住夕阳下坠的鸟儿并无不同
从破旧小屋门窗飞入与一位
独居老人对视交流的鸟儿并无不同

而此刻,它们带着一种无法感知的隐喻
在自身体内的教堂旋飞
是神在降临或召唤?还是
鸟在倾诉或祈求?它们各自所藏
的玄机,语言已无法表达默契

入夜后的甬江岸边

当昏暗不断加重,初上的霓虹灯
轻轻托住了夜色的进一步下沉
投向江面的光线,将淹没在江底的事物
重新拽起

广场上的舞曲流出三十年前的舒缓
几对老者腰板挺直,舞步
有着青春的分量

晚潮载来几丝初秋的凉意
几粒走失的渔火无法找回曾经的轨迹
岸上,拉扳罾网捕鱼的男子
正将一段松弛的期待
从容拉起
不远处一字排开的钓竿
将诱惑抛得很远
在渐渐缓慢下来的时光里
试图钓起江中的星辰,以及
从罾网中漏掉的潮音

守望

这是一个暖冬。虽已过冬至节气
连日的阴雨更凝重了世事的况味
海面上的盛筵,正受大雾的侵袭
而席散曲终

星光走失在时间的皱褶里
远处孤岛上的灯塔,依然
用体内的热能燃烧信念,并用
微弱的光,擦亮波峰浪谷间的旅程

海桐果饱满的思绪
被一束阳光轻抚
这诠释生命意义的炸裂,笑容
盛满了冬的高脚酒杯
醉,源自海风中的
那一股暖意

攀爬在海堤顶端
的地锦,因为潮声里一艘船的到来
正一脸酡红,轻声的呼喊
漫过天际

劈柴

一截被风干了的木头
面对高高举起的斧子，疼痛
来自斧刃上的寒光
挣扎已经无济于事
不在乎灵魂会否被森林拾起
昂首而立，年轮中栖满的
群鸟聒噪，以及泛着绿意的山谷涛声
从伤口四溅

随着落日越来越温润的笑脸
联想自己的命运，为人取暖
恐怕是最好的归宿了
向欲燃的火焰里沉思
倘若要有梦，只是
再也不愿听到
伐木的叮当了

灯笼

一只守望着新岁的灯笼
悬挂在习俗的高处
大口痛饮完白昼的喧嚣后
红彤彤的笑容，堆满时空的
缝隙，融化被时光追逼到季节尽头
的寒意

盈盈的眸子，照亮
一路跋涉而来的春的脚步
爆竹声中，岁月的
册页徐徐翻动
藏在灯笼内心深处的
祥瑞，正从敞亮的胸膛
款款走来

春联

蘸满了深情的笔毫,已将一串
簇新的祈求,注进延伸千年的喜庆里

雪依然是浪漫的使者
飞舞的风雅,为笔走龙蛇的祝福布白
风轻盈的足音,惊醒了冬眠中
的大地,麦苗掸去寒气的一刻
长出一片笑意

墨香,正为时代逼进中骨骺里的浮躁
进行一次文明的熏陶
门框上火红的心愿
在自信的期待中
酝酿着又一年的
梦想开花

这一年

这一年，栖息在眉宇的忧愁
在浅浅的诗行间消融，些许的岁月沧桑
从琴弦的低吟中滑落

这一年，阳光穿过熟悉的通道，缠住我洒在
海滩、山岗、乡野的思绪，抚摸
心田的那一截荒芜

这一年，卸下疲惫的梦，在中年的暮色里
打捞走失的闲适，而年少时扬起的帆，依然
守望着破浪的风

这一年，我习惯静静地蜷伏在夜空皎洁
的怀中，仰望星星深邃的眼眸，企盼
黎明的召唤

走进三月

枝头的缝隙,已没有最后一丝寒意
的形状,渐渐燃起的情思
拥抱如期而至的春风

燕子在青砖黛瓦间,追溯
和打量着一年来的过往沧桑
燕语擦过风筝的额际

新雨擦去了小溪干涩的表情,从涨起
的笑声里,看到春潮正在远处等它
沉淀在水底的惆怅,被双桨荡碎
融化了的畅想,漾绿两岸

几缕温馨的春晖穿入大地的心房,田野
从睡意中醒来,牛背上白鹭的目光
唤醒一粒种子的发芽

春天轻盈的脚步,掩不住
一个季节悄悄攀缘的遐想
温婉的手臂正伸向我

垂钓

打开欺骗的预案,以超俗的姿态
将把柄握在手中。在诱惑
与贪婪的较量中,预谋表演得
风平浪静,不动声色的表情
偾张了蓝天的血脉

诱饵堆满镇定的笑容,被饥馋的目光
啃噬,感慨凝成轻妄的窃喜
水鸟惊落河中的恐慌,唤不醒固执的
迷茫,柳丝麻木的神情
在风中晃荡着讥讽

贪婪被曝光的瞬间,摁不住的
泪滴,炸裂了嘶哑的眼眶
燃烧的血丝,灼伤了白云的叹息
被钓弯了的天空,系不住河水的
脚步,愿者上钩的法则,又一次
羞红了夕阳的脸

历程

海风简朴的语言,说服了一颗年轻的心
沸腾的热情,投进风雨的航程
起起伏伏的潮声,抚摸色彩斑斓
的遐想,雄浑的汽笛声洒满航行的轨道
颠簸的足迹,丈量港口的成长
夜色中招引的航灯,擦亮远方的梦

昨天,起航的脚印还在成长
今天,归航的桨影就将落锚
枕在涛声中的月光,仍在满船音符的春风中
发酵,镜中泛起的岁月浪花
谱成了多汁的乐章

帆上的咸涩,在退了潮的星空中
消融,涌动的火焰
依然在体内的港湾跳动,淡淡的
思绪,涌向又一个黎明

老花镜

"这副看得清楚吗"
"不是很清楚"
"这副呢"
"看得清楚"
"就配这 150 度的吧"

当老眼昏花已不再是传说
生命行程增添的不只是重量
还有逐渐老化的宣告
戴上的这一份斯文
那被放大了的尺度
怔怔地不只是一丝心跳

透过被过滤了的镜面
时光更加清晰地在走失
岁月的面容
如深秋独立疏离的金菊
西风中保持着既有的矜持和缄默

镜面的凹处

有童年的喧哗在积聚
而儿时的路,已被
昨日的白发覆盖

在慢慢习惯了的尴尬笑意中
生命的年轮依然被时光催逼
借助镜中风云的变幻
可以将浅浅的隐痛,以及
暮色中燃起的梦
轻轻举起而又轻轻
放落

端午

在石榴花怒放的五月
菖蒲又一次把碧色的目光
刺向江河柔柔的叹息

龙舟溯流而上
载着屈原的精神,奋力
向历史的深处划去
每一桨都切开时间的肌肉
从血管中触摸
诗人长满青苔而无法
僵化的初心

穿越时空的涟漪
泛起一部离骚的悲愤
一部天问的探究
也泛起诗人在江底
珍珠般的信念

追思的锣鼓,化作
上下求索的执着,骤雨般

自涯岸漫过燃烧的江水
升腾起的惊涛骇浪诗魂
融进一个民族的骨骼

招宝山之光十首

绿色之光

曾经树冠下的簇簇浓荫
正被拔地而起的楼宇覆盖
生活在楼宇里的人群
渴望着绿意

按照季节的年轮,让四季的花
分别开在各自小区欣然的企盼上
这是社区要打造的一个主题

春风吹开了梦的遐想
绿萝舒展着宽大的妩媚
在旺盛的长势上,用修长的枝条
把寒冬里守望的幸福
缠绕得更紧
青藤涌动着绿色血液的手
从墙根攀向信念的高处
一棵新栽的树,因为拥抱了心中的天空

粗壮的根须触向另一个春天

自治之光

邻里的额际栖息着淡漠，楼道里的杂物
缺少打理，公共设备损坏无人关心
当"都市冷漠症"还在市民生活中"流行"
居民自治互助，成了这个社区的风景
清新的风来自"家人治家"的模式
当商议替代了执行
参与替代了漠视
一截闪着光亮的权力
撬动生活的需求，业主、物管、社工组成的
恳谈会，化解了卡在市民
生活通道上的梗塞
阳光异常和煦
从市民眼眸中递出的微笑
擦亮了家园的内涵

走书之光

清朝光绪年间，一位民间艺人用
两只酒盅，一根竹筷敲打开了
一种地方曲艺的序幕

幕在开。台上的纸扇、醒木起伏着剧中的
情节，庙宇、祠堂充当了舞台

幕在开。穿旗袍的中年妇女,浑厚圆润的嗓音
擦亮了观众的目光
二胡、琵琶加重了剧中情节的色彩

幕在开。电声效果加重了时代的重音
职业学校传承走书的学生
额角跳跃着凝练的光亮

幕在开。后大街社区的演艺厅已
备好节目单,一批迷恋于走书的观众
黄昏中,等待着晚上的演出

书香之光

清爽的风,擦过一座古城不断隆起的
历史册页的脊背

几位白发长者手执竹管羊毫
泼在家园纸卷上的浓墨,凝结成
色泽光亮的诗句,跳跃在时光的轨道上
墨色润开去的浓郁香味,氤氲成
一片肥沃的文化土壤

阳光照进大地的每一个褶皱,暖意中
萌出的新芽,被起伏的读书声浇灌
湛蓝的天宇下,枝头上的果实

摇晃着甘甜

军民之光

沿江路上驻扎的一支军队，驻军官兵的
歌声，擦过天空的蓝，回响
洒在一片社区袅袅的墟烟上

军旗飘扬
一只枕戈待旦的军号
在一茬茬军人的接力下，历史深处
的嘹亮，被浸润得更加苍劲
厚实

军旗飘扬
流金岁月，霓虹灯点亮了
这座海滨之城的色彩
一场军民篮球赛，情谊融进
"兵民是胜利之本"中

军旗飘扬
被作为爱国主义教育基地的军营
一批体验军营生活的年轻学生
透过枪管的晨光，看到闪闪的红星照耀在
大地上

注："兵民是胜利之本"，引用毛泽东的词句。

爱心之光

这是一条青砖灰瓦的仿古街巷
行走在密集的高楼间
修伞铺、配锁铺、手工磨刀铺、剃头铺、修脚铺……
爱心服务的基调,构成了它品质的重心

透过街巷行道树浓荫折叠的
温润光线,落在
政府惠民举措与老百姓
生活需求的交汇处
从老百姓明亮的笑容中
被修复了的伞,遮住了心中的湿意
被配上了的钥匙,打开了紧闭的眉梢
……

街巷通大衢,在时间的路上
用暖意夯实的匠铺
缝合着政府与百姓情感的缝隙
增添着这一片居民生活的厚重

口碑,为一条街巷的靓丽
刻成无言的品牌

家和之光

温婉阳光下的气候很适度,但这片茫茫的
情海中,仍有不少恋爱、婚姻及情感
在困顿、迷惑。一个由白龙社区成立的
情缘婚恋工作室,准备了一些爱心。准备了
单身交友库,为腼腆的青春连线
让青涩擦出爱的火花。准备了红娘联盟
用三姑六婆般的热情,为单独
行走在爱情路上的人,在四季的月下
搭起姻缘的桥梁。准备了幸福课堂
为失恋寻找原因,替心路历程解压释乏

爱意在酿造
一场牵线联谊活动中
一名颜值不够自信的男嘉宾
用现场自创的打油诗
收获了一颗姑娘的芳心

爱意在生长
当一个成熟了的词汇收割爱情
一对对新人怀揣幸福,露出
前生修来的微笑,步入婚姻的殿堂

"帮帮团"之光

一个社区,自从诞生,似乎专为弥合
城乡接合处的缝隙而存在

外来务工人员鱼群般地涌入,他们用
自身带来的方言,构成了一个个流动的群体
生活中的困难、纠纷、矛盾,也从这片
土壤的骨骱内不停地长出

一个由外来人员组建的"老王帮帮团"
用自身积聚的微薄能量,搭住寒夜里被生活
困住的手,逐一解开卡在社区和谐处的心结
消融打工人体内的压抑和寂寞

"帮帮团"在风雨中磨砺、成长
真诚的心不断贴近信念内部的意蕴
山茶花在开
众多草根的名字,一一被镌刻在
百姓的口碑上,发出
质地厚实的光芒

环保之光

社区的生活垃圾,总是以
原有的姿态走向它命运的废墟

让垃圾闪出绿色的光亮
废旧纸类、塑料、织物、玻璃、饮料瓶,终于
被投放到各自起死回生的轨迹

借助"搭把手"智能回收柜,垃圾
完成了一场环保的理念革命
被分类了的垃圾,从冰凉的灰烬中醒来
把灵魂化作一片微型的绿水青山

暮色下,排队投放垃圾的人群中
一位小学生通过扫柜子屏幕上的二维码
把可回收生活垃圾投向了
相对应的柜门里

孝道之光

从夕阳暖意中驶出的一辆
商务汽车,往来于冬天与
春天的交替中。社区小道上
钤在汽车肌肤上的"爱心车轮食堂"文字
点亮了独居老汉的目光,从车上递出的一双
长满爱心老茧的手,握住了老汉期盼的笑意
送来的饭和菜,足以抵御老汉寒风中的孤独

车轮上的孝心服务在接力、在厚实
空巢被注满了爱,小屋里微弱的光

吞噬着夜的黑
此刻，孝心与道德，是小屋通向
幸福最近的距离

搁置在码头上的锚

一只曾经系住大海汹涌的锚,被搁置
在码头上,那艘载浮载沉的船
驶向了时空的静谧处

在松弛了的时光里,锚渐渐松开了
咬紧的牙关,透出呼吸里的咸腥
和苦涩

大海被刺破的伤痕已经愈合,胸腔里的
咆哮,不再轰向九霄。当锚
成为渔区风景的一部分,透过锚坚毅的
眼神,流露出曾经的惊涛与骇浪
以及,渔民内心港湾此刻
的风平浪静

景观池里的金鱼

随着冬天的深入,景观池的水
在逐渐冷静中沉淀了杂念,内心
变得清纯明亮。因为被温和的阳光牵住
池内的金鱼体态更显笨拙慵懒

据记载,金鱼由野生鲫鱼驯化而来
此刻景观池的金鱼,早已随遇而安
因为没有了故乡也就
不用怀揣乡愁,没有了上游
也就不用胸藏志向,没有了
下游,也就不用随波逐流

它们在景观池中心无挂碍地
看四季的风将池水吹皱,看白云
将崇高的理想挂满蓝天

对于在时间褶皱里走失的自己
水声擦去眼泪的同时,也擦去了
最初的乳名

花盆里的苋菜

一只弃置在窗台边碗口大的花盆
无意间倒入泥土后,透过窗玻璃的
温和阳光,唤醒了睡在泥土里的春天

一颗小苗的长出,四季就在它的身边
徘徊,仿佛它就是大自然的中心
它快乐地长着茎、抽着叶,渐渐地显示出
苋菜的特征,这让我想到家乡的苋菜
当年母亲用高过人头的苋菜梗,腌制
江浙皖一带的特色菜——臭苋菜梗

它们都在自己的季节里生长……
终于有一天,花盆里的苋菜体悟到了泥土的瘠薄
它开始变得矜持、显得有些纠结,甚至
感觉到了孤独,它用尽体内的绿色素、蓄积在
叶片上的阳光,省掉了摇曳摆动的闲情
努力地生长

尽管它只长到一筷子高,但它仍然负着

繁衍子嗣的责任开花、结籽。我们欣赏着它生命的顽强，却看不见它根扎在泥土里的那份艰辛

冬天的深处

那些被涂抹了一个秋天的树叶
终于卸下了疲惫，宁静
不断吞噬着记忆里的喧嚣，而大地
因为落叶覆盖了最后一丝的冷漠，孕育着
春的胚芽

借助苍老的北风，天空遣散了最后几朵闲云
独剩一片高远与寥廓，而尘埃依然
无法落定，需要迎接一场突如其来
的暴风雪，带来清新与纯洁

冻结了的河流，温和的阳光暂时无法
唤醒昔日的呜咽，晶莹的心
依然裸露着怀揣的远方

壁炉里的炉火，因为感受到了灰烬的梦
已经醒来，烧掉了取暖人目光中的
最后一截冷

烧菜

趁着周末,用一截好奇磨了厨刀
取淡淡的馋意做食材,拿美食台的菜谱当燃料
学烧两道寒意里的佳肴:凤凰投胎、松鼠鳜鱼
撩拨一下乏韵的味蕾

所谓"凤凰投胎",其实是那只
被烹饪大师看中了的鸡,填进了猪肚
已然丢了魂的躯体里

要烧成一道被命名了的佳肴
工序亦复杂而讲究
直至火热的意象被端上餐桌
可这胃口居然有点提不上来

人到中年以后,随着饮食结构的多元
注重用身体的健康指标调节膳食的合理性
可我更愿意用凝固了的记忆,去触摸
那段贫穷的时光

到过年时才杀的鸡,母亲总是以不爱吃

为借口，把这份难得的佳肴省给子女们填充他们童年饥饿的胃壁，而鳜鱼几乎无法游进百姓苦寒的生活之河

三月方知肉味

那是物资依然短缺，口号尚未结束的年代
快过年了，家里准备买点肉，母亲让我
明晨天亮前陪她去供销社排队

冷风中买回的一斤五花肉，煮熟后
被供在了八仙桌上谢年，肉味远飘
父亲以香迎迓，神仙和祖宗先后抵达，享用

送走神仙和祖宗，肉被母亲腌在了盐罐内
说等派完下次用场后才能吃
由于惦记着吃那块肉，接下来的日子总是
会去瞅瞅盐罐内那块被腌得干瘪的肉

时光漫长，生活的清苦淹没了
涨到下巴的渴望
直至清明祭祀先祖后，那块肉终于
被蒸熟后端上了饭桌

饱满的春天

从那一声雷鸣楔入季节内里后
笋迅速顶开大地坚硬的外壳
泥土不断散发出轻柔的气息
清香与韵律随风摇曳
时光越来越绵长
田园、道路、山野色泽鲜美
洁净的歌谣倾情盛开
风掀起春天眉梢上的秀发
带着乡音的心事不断从脸上溢出
果树新抽的芽苞兴奋得如同萌娃
阳光下，燕子掠过天空的蓝
在唤醒了绿意的农舍前低飞
额角布满褶皱的村民
笑意熨开一片寂静
凝望的眼神中
生活的河水一点一点地涨起来
直到淹没所有裸露的窘境

心田里的春天

寥廓冷硬的岁月从挣扎中逝去
清新明亮的时光悄然抵达
天空的心情不易被察觉
生命的山水已漾起笑意

深埋在思绪里那粒乡愁的种子
被一缕春风唤醒，爱和雨露
一起进入心田，触摸生命年轮里
仍在生长的纯朴，蕴藏在骨骼里的力气
全部用来绽放，嫩绿的声音
穿越内心世界的幻影

时光追赶着幸福，走在心田的
垄上，青涩的果树情思饱满
叶茎涌动着绿色的血液，花萼
正褪掉浮躁，举出稚嫩的方言

炊烟为白云填词，晚霞映出生活的谜底
一壶村醪，笑谈着世间的悲欢
乡音弥漫着宁静，星辰酿制着歌谣

干净的絮语从诗行中溢出
所有的梦想在时间的枝芽上
慢慢变甜

检省

我将临习的书法作品拍成照片发给
辅导老师。"稍微平了些,你的性格可能不适合写
这一类取势比较明显的字,平和一些的更适合。"
辅导老师在微信的回复里这样说

所谓字如其人,点评戳中了
字骨骼里的痛处。透过书法
看其人,我要检省的事物还真不少

我的情感并不丰富,我所期盼的只是
生命旅程中的那一曲高山流水,在可以看见
的远方,我曾试图将用心煨热了的
誓言捧出,穿过荆棘、迷雾、黑夜
终究遗落在风雨的廊桥

我曾攥住的那个信念并不大,我所努力的只是
实现人生与历练之间那道小坎的跨越
前途幽暗。脚步始终在理想
与现实的入径处徘徊

我曾结识于音乐的乐趣,失真的声带
夕阳下怀抱吉他,用内心里的琴声擦拭生命
旅途中的惆怅。舞台明亮
滥竽者赢得的掌声,确实修饰过
中年的滞重

我曾放任过时光的流逝。在倏忽知悉天命
的人生,尝试用几粒粗糙的文字,记录
晚潮没有退尽的那一缕波纹
此刻,我正站在生命之河的下游
凝视它日落前的平缓
与慵懒

第三辑 ◎

点描集

初春的九龙湖

(一)

倘若你不曾来到过这里，你就很难捡拾起
始皇东渡寻找不老仙药的传说
一座山，风雨中坚守着它无法凋谢的回忆
也生长着它不肯老去的心

倘若你来到过这里，一定会懂得
一座山，在历史的回响中酿造着什么
又在四季轮回里养育着什么

此刻，我正在这里
一座山，以它固有的姿势仰望
天空慢慢舒展开凝重的表情，从一颗日出
的窥视中，燃起那一抹迎风而至的春意

(二)

几朵白云飘离了天空

在嫩绿的湖面徜徉
沉淀在鸟鸣中的一段造湖记忆
被探寻者的目光触摸
湖底涌动的情欲
一波一波荡起涟漪
湖水鲜嫩的笑声
流进一座古城旺盛的血液里
在山与水的隐约处
香山教寺的钟声
再次溢出唐朝的遗韵

（三）

花香漫过汶骆公路初春的喧嚣
朝霞缓慢地分娩着沉甸甸的梦
尚未褪尽酒意的葡萄架上
依然挂满甜美的诗行
草莓在阳光棚里的传奇正被摘走

布谷鸟的歌声浇灌着丰腴的田园
用春华和秋实砌成的民宿
几缕炊烟，缠住一截淡淡的乡愁

海上石林

正值东海伏季休渔期,渔网
卸下疲惫和风暴,被安顿在
马路上作海上生活经历的检视
渔家姑娘正努力为它梳理惊涛和
骇浪中的过往,缝补
从网眼中漏走的
感叹、失望以及腥咸的梦

穿越虫鸣筑起的栈道
花岙岛被锯成危崖和绝壁的身躯
兀自伸向海中,矗起成排的庄重
仿佛专门为海誓山盟制造回响
而大海,保持着波涛不惊的淡定
依旧散发着长江入海泛黄的体味

涯岸与海上石林
只隔一朵浪花的距离
强烈的日照
正偾张着海上石林的脉搏
石林的轮廓,被海风

一圈一圈地荡漾开来

退了潮的砾石滩
侧耳倾听前来赴约的
裙摆凝住了时空妖娆的脚步
寄居蟹吐掉最后一口咸涩后
从渐渐松弛下去的时光中
窥视满脸皱纹的大海
蓦然发现，石林
夜一般的严峻

岱山港的渔火

渔火,是牵动大海脉息的心跳
秦朝时点燃的几朵渔火
在这一片静谧的海域繁衍
大海富饶而多情的子宫
旺盛地产出

这是大自然的恩泽
潮起潮落,星空主持着盛大的仪式
帆卸下了风暴
桅杆托住了黑夜的倾斜
船桨凝满潮汐的嘶鸣
渔火与大海又一次完成
体内的灵魂交换

岱山徐福像

出乎那次渡海的目的
他率三千童男女及工匠
携带五谷种子,穿过茫茫的黑夜
在那里,他卸下了肩负的所求

那么适宜的阳光
他将带去的方块文字
在原始的土地上种植
长出了后世称为"弥生文化"的果实
稻米和耕种方式,赋予了那里
饥饿的人们饱满的收成
蚕桑在异域编织出绸质的生活
还有带去的药物,让伤口不再喊痛

他是东渡第一人
被那里的民众尊为
日中友好的始祖
敬奉为农神、药神

他是一个方士,当年东渡时

曾在这里亲吻岛屿的脸颊，撷饮
甘甜的果浆，捡拾浪尖上的星光
擦亮桅杆上的航程

如今，他被这里的人们唤回
住在磨心山西侧自己的石像里

如果徐福再次东渡

时光没有走远,你上次经过的
那座蓬莱山,它的最高处建起了
一种信仰,鱼游进了它的内涵
被敲出的喋喋之声,抚慰着远处的
潮起潮落,而信仰的光芒
照亮着整个海面

那片寂静的沙滩,已绽开
黄金般的笑容,阳光下
晾晒着水灵灵的诗篇

那些曾经作为船队集结和靠泊的
港湾,在平静和浩瀚间
穿梭的帆影闪烁着最初的梦

上船跳、仙草潭……
当年的地名仍在沿用
灵芝、马齿苋……
那些被采到的仙草
依然调理着我们体内的气象

……散落的记忆不断被拾起

如果徐福再次东渡
阳光洒满了时空的每一个缝隙
广场上树立的雕像,是招引的航标
这里正以海的名义,托举着
跳动的火焰,并捧出它
多情的内核

暮冬的外峙岛

作为北仑的最后一家晒盐场
晒盐工析出一年中最冷的
一粒结晶后,已将涨在命运中的海
带回老家调剂生活的浓度,盐场
已成了他们暂时的远方
盐田依然晒着他们咸咸的脚印

北仑乡村渡口唯一存在的外峙渡
横陈的渡轮,船舱内仿佛仍有回乡人洒下
的笑容溢出,而回乡人上岸时行色匆匆
的足迹,已淹没在堤塘芦苇
起伏的眼神中

雾弥漫着湿漉漉的虚无
不断将迷离的身影俯向涛声
竖在潮间带的网,奋力将疲惫
的心情举向天空,在混浊的黄昏中
独自打捞着海面上的那片茫然

暮色悄悄将寂静挤进岛内

衣着单薄的大地
因为海岛地层下热力的涌动
正渐渐从一场漫长的睡眠中苏醒

冬日的山溪

时值大雪节气,而雪依然未曾有
降临的迹象,奉化江源头的山谷
因为鸟儿衔走了秋的最后一波聒噪
更显寂寥,小溪昨日婀娜的身段
正渐渐袒露出细瘦的肌体

记忆像一把刀子,切割着岁月
的轮廓,不断清晰的还有两岸被溪水
浸泡而褶皱的面庞,被冲刷的谷底石块
以及风干了的议论溪水心事的蝉鸣

在一场摆脱了疲倦的旅行中,由于消融了
情感的羁绊,小溪的内心更显旷达、沉稳
不用再为兜不住暴雨的委屈而愁绪泛滥

面对流逝的妩媚,小溪知道,它的下游——
几个山弯弯之后,依然是蓄积温柔
的水库,之后是流量平缓的河流
精神纯粹的大海,命运
终将归向波澜不惊

小山公园

昔日渔村的小山,如鱼的脊背
隆起在渔民生活的海中
风浪、潮汐、涛声,以及
颠簸,一直渗进小山的骨髓

辟为公园后,凝结在山岩罅隙的
滞重,被稀释在这座
海滨城市的喧嚣里,渔民
在山崖下的黄昏里,打捞着
生活的闲暇

这些年,我在小山脚下见证着
这座城市的变迁,而堆满了我打量
目光的小山,依然保持着原有
的淡定和从容,浅滩般的山道仍有
跌宕的潮音从远处涌来,岑寂的林间
山雀收敛了向天空翻飞的翅膀,在苦楝树
挂满疏星残月的枝头觅食遗落的时光
竹子停止了奔向晴空的脚步,在温和的
阳光里兼蓄着内涵

在山顶凝视海港，几朵白云
悄悄走出天空，移向平静的海面
山陬海隅，一个完成了远航的梦
正卸下短暂的疲惫，拂去些许的惆怅

总台山烽火台

六百年前,浙东沿海港湾幽静的渔火
时常被倭寇的武士刀搅起惊魂的梦魇
皇土之上的杀戮和掳掠之声
刺痛了大明王朝的心脏

开国皇帝派来的大将
在名叫郭巨的小山岙筑城设所
反侵略战争的意志砌进烽堠、箭垛
穿山半岛东端峰顶垒起的烽火台
抗击外侮的烽火,点燃了
民族骨骼里的尊严

历史的册页在火光中翻动
一位叫戚继光的将军
率领着他的军队用"鸳鸯阵"法
从浙东一路扫荡向南,将倭寇
逼出帝国海疆的罅隙

驱除英、法侵略的狼烟
又一次次燃起……

一座城,仍在坚持向海而生
波光里的帆影,正在新的曙光里
驶向远方

而城墙,嵌入肌体的刀光和箭镞
已散落于暮色下的碎瓦和残砖里
被时间的目光进一步打磨

烽火台,依然在信念的最高处伫立
烽火已燃烧成一种象征
烽火台脚下,一座大港投出的光芒
惊艳了世界的目光

书法

打开历史的书卷
与诸多身着宽大长衫
酒意未退而诗兴尚酣的
风雅儒者对话
秦汉晋唐的语言基因
在湖笔屏住呼吸的提取中
一个个未曾变异的细胞
在纯白的笑意里展现

细胞不规则的性格
在竹简、木牍、石刻肌体内
保持着无法冻僵的体温
每一次的解构与结构
都有炽热的柔情缠绵

墨香中凝满
五千年血液流淌的宁静
触摸到了的笑容
握住一段民族文化的精粹

篆刻

将先秦的文字
以反思维的章法
布局在方寸的印章

印刀锋利的目光
在印章处子般的肌体
激情四溅
印章沉默的纯情
凝住了滚烫的对白

印刀铮铮钢言
用外科手术式的说服
释放了印章几股
深藏的傲气

剩下的坚强筋骨
连同独有的骨气
内心鲜艳的想法
在宣纸纯洁的脸颊
吻上旷世的承诺

被承载了的人类非物质文化遗产
在中华历史文明中
被越刻越深

后海塘

在几朵千年前停留的白云下面
欲说还休却又渐趋凝重的后海塘
成了人们观光、休闲、健身的场所

作为一道屏障,它横亘在大海与一城之间
块石垒成的肌体,一次次抵挡住了整片海的汹涌
那些来自大海深处的飓风狂浪
一次次被逼回大海幽深的角落

在海塘挡风防浪的褶皱里
几缕抵御外侮的硝烟
燃起一个民族内心的烽火
众志成城的海疆
让入侵者折戟沉沙
血染海滩……

伴随着太多雨水的冲刷、海浪的狂啸
以及战事的频仍,海塘不断沉淀的意志
更显巍峨峻峭,不肯歇息的心
依然如晚潮般澎湃

招宝山

甬江，托举着 7000 年的稻香
一路欢歌笑语之后，把爱与生命
以固有的形式交给海的内心

水鸟在四季轮回中翻飞
企图用坚硬的意志啄开海天的缝隙
俯向新的浩瀚

海风拂起招宝山宽大的衣角
透出峻险的身形和秀丽的脸庞
在岁月的回响里，抗击
外侮的金戈，直刺
邪恶的胸膛

时光的波澜泛起鲜嫩的掌纹
潮声撞击着宝陀寺的寂静
梵音沐浴的新芽
唤起满山的苍翠

山峰依然高大，骨骼里的意境
不断丰盈着坚硬的自信

安远炮台

炮声已凝固在了历史的册页,这里
已成为一段历史的遗址

作为炮的躯壳,它被保存在了曾经
坚守的位置,不死的精神
依然守望着这一片海

这是曾经被炮火烧痛了的海,侵略者的坚船
在一个王朝贫血的海面挑衅,燃烧着仇恨
的炮声轰向天际,闪闪的火光
刺痛历史的眼睛,来吧
这是发明火药的国度
这是倡导仁义之邦
义愤源自挺直的胸膛
犯我中华者,虽远必诛……

入侵者的狂妄已在历史的潮声中退去
海正涨潮,涨上来的是海苏醒了的
阳气,以及来自体内燃烧的血清

镇海口海防历史纪念馆

它是海上的门户
历史绸质的特产从这里起碇
给欧洲带去东方的文明

海风中迎来的,是邻邦使节
对一个帝国高高耸起的自信的好奇
与膜拜

海定波宁,却掩不住暗流的涌动和
贪婪的垂涎。时间带来了抢劫、掠夺和
强盗的野心,刀光剑影与炮声
溅向历史的天空

华夏巍巍,甬水滔滔
义愤的军民,用壮怀填膺,以热血
筑垒,在被屈辱了的"国家雄图"海防岸线上
抗倭、抗英、抗法、抗日

碧血逼退了风暴,恢复了
一座海的平静。经历了太多灾难的城市

历史的天空已经放晴,但时间无法擦去历史册页里的
血迹和沉淀下来的痛,伴随着潮声
涨起来的是不断坚固的信仰

不朽
——陈寿昌烈士纪念馆

大地苍郁,树木继续生成着庄严的年轮
阳光浇灌着清凉的露珠

二十八岁的生命被矗成一尊铜像,年轻的心空
装着这么大的世界,坚硬的脚步穿行在
如晦的风雨里,体内有枪炮声
在呼啸,忠胆径自走进
历史的册页

雄鸡报晓,山川的曙光
映在你微微仰起的笑容上

我们肃立,凝视你的豪言
与志向正化作不朽

宁波帮

当近代最大的一个商帮
在百年商海中崛起，矗成的辉煌
历史之笔在册页上，写下
激越的回响

沿着一条河的走向，迢迢长风
载他们万里以搏击
血脉里大江大海的天性，让他们
在无际的波澜中浮沉
朝阳中磨砺出的信念
折出这座江海之城人文的高度

时光穿越风雨的纬度
刻成千秋的丰碑从浪尖上涌起
他们是江海的子嗣
星光璀璨
当融雪唤醒春潮
沿着江的脐带
他们向梦的子宫洄游

庆安会馆

这是位于三江汇聚地东岸的建筑
是船工、舶商聚会及祭祀妈祖的场所

馆内建筑和雕刻保持着古老工艺的精巧
从时光的包浆中透着历史深处的光亮
妈祖,因为皇上的册封和赐庙额
拥有了更多的敬拜,其肃穆的神情
总是给人片刻的宁静
厅堂,隐约传出商议通江达海之策
的回声,且伴有远处涌来的
一波波的潮音
垒在时空里的戏台
仍在演绎风云跌宕的传奇

时光在水面上行走,舶商庞大的船队
载着产自这里的越窑青瓷,已驶向了
更远的海,并征服了那里的风暴

被改建为浙东海事民俗博物馆后
从江边发掘出的唐代独木舟

被陈列在展厅，船上卸下的
厚重文化，已被载进考古史册
而船，显露出风平浪静后的淡定
被海浪不断淬炼的生活信誉
厚植着一个商帮的繁盛，也滋长着
一方水土的韧性，镌在会馆的辉煌
更凝重了二十一世纪海丝之路上
斑斓的帆影

佛教居士林

佛教居士林枕在
月湖的柳汀洲，信仰的历程
在700多年的时光上继续成长

门前的陆殿桥上
汽车在繁华的时空鱼贯而行
行人携着略显疲惫的身影
追赶着岁月的脚印，仿佛时光
总跟不上这匆忙的节奏

居士林内肃穆而温暖的香炉里
以香为引，通过袅袅的青烟
保持着膜拜者与神祇心灵的沟通
念佛堂里座无虚席，居士们手捧经书
虔诚地跟着播放机里的语调
大声诵经，看上去都保持着一种
平静的心态，像是在进行
一段幸福的旅程

我们无法预测和想象，居士们

旅程终点的景象,也无法判断
人世间的情感与愿望,是否
与神祇达成了共识,但可以确信
波澜不惊的居士林,较好地
消融了居士们内心曾经的
浮躁与空虚

七塔禅寺

晨钟敲过之后,街上潮水般
的车流,又将匆忙的目光投在了
红绿灯略显疲惫的信号上,几缕阳光
正穿过彩虹南路高楼的缝隙,落进
七塔禅寺木鱼嘟嘟的回声里
法轮转出的光斑,构成了
对人间的诱惑

寺内满地的银杏叶无人打扫
如同一个人流逝的年华,静静地
安放在记忆的深处,而佛
就在眼前,膜拜的人把香
举过头顶,朝着四方虔诚地
依次祈祷

一个金发碧眼的外国人,眼神
时而向左,时而向右
好奇,正渗进寺院千年的静穆
他二话不说,蹑足把头伸进
天王殿、圆通宝殿、观音殿

并用手机悄悄拍下法相的庄严

寺院门口,几个貌似智者的人
正摆着深沉的姿态,为无法驾驭
自己命运的人看相、算命
努力为他们逆转命运

太行山崖柏

一棵崖壁上的柏树，身姿如此
遒劲挺拔，令人难以置信仅靠
细瘦雨水的喂养生长，以及
在四季苦风和寒冷侵袭中
百年、千年的坚守

命运如崖壁般陡峭，柏树
仍在生长
因为不断嵌入岁月沧桑的褶皱
以及骨质里暗暗凝聚的醇香
生命的厚重在不断增加

当鼓凸着哀痛的根
被挖出雕刻成艺术品后
因为脱离了生存环境的羁绊
内心高远、寥廓的思想
得到更加自由的伸展

我们欣赏着根雕层次分明的丰富纹色
却总是忽视了其造型和质地源于

生命受挫折后，血脉里
辛酸和不屈的汇聚

从树根昂首睥睨的目光里
依然能感受到它的根须，仍在向
崖壁缝隙深处伸长

锡崖沟挂壁公路

王莽追赶刘秀时扎下的营寨
旌旗遮蔽了南太行山的烟云星空
当山脊因此而唤作王莽岭时
马蹄和金戈之声
已化作山谷千年的沉寂

西风烈烈，太行山高高隆起的脊背
依然阻隔着时光的缝隙
一个悬在山顶的村庄
历史久远的册页里
曾深藏凿石挖泥之声

1990 年代，一群村民将一枚钢钎
钉在了愚公凿石的回声里
透出的光线，擦亮了一个村庄的野心
当一条开凿 30 年长 7.5 公里的
挂壁公路的通车，21 世纪的喧嚣
从几个新凿的崖眼鱼贯而入

在太行山顶眺望，我看到落日
正从愚公略带倦意的微笑中坠去

开封府

一座府衙,以清廉勾勒出的造型
刚毅支撑起的架构,搭建在
百姓的心基上

悬在公正之上的明镜,使魑魅魍魉之人
纷纷现出原形,长在封建王国里的
毒瘤,被黑脸红心之人,用铸满正义的
铡刀铡掉,刀锋冒出的凛冽寒气
净化成一片青天

植入府衙肌体的自信,以山脊般的威严
承载一个民族的正气,结晶出的思想
延绵在千年的时间上,矗起
历史的丰碑

纯净的风从远古飘来,擦亮了今天的
天空,风声浸透了大地

包公祠

拾阶迈进向阳路1号凝重的大门，顿感时光
如此的清廉，古朴典雅的建筑，如主人
在廉政史上隆起的脊背
辉映青天

青天之下，端坐在祠堂里的主人
依然保持着威严的姿态，炯炯的眼神
似乎要刺穿潜行在世态下的黑
锃亮的脸膛，让人又一次
触摸到执法办案的历史质感

沿着历史脉络走进主人的年谱
一个个家喻户晓的故事，在时光的
年轮里保持着最鲜的温度。无欲则刚
祠堂凝固的只是主人的生平和事迹，是清官
本身将清廉和公正植进历史的血脉，以至
祠堂内的那一泓廉泉，即使主人走了
仍涓涓渗出沁人肺腑的，主人绵长的

传闻轶事

当一个名字成为一种象征，其折出的
焰光在历史的册页上闪烁

大相国寺

据说，曾是北宋京城最大的寺院和
全国佛教活动中心。后来
寺院屡坏屡修，香火时盛时衰

如今，能触摸到的是寺院上空那一小片白云
仍是北宋年间的，而佛始终在神坛之上
在白云之上，也在膜拜者的
信仰之上存在

存在先于本质。佛之存在
在于信仰者心灵的皈依，在于
信仰上的破，当沉郁的钟声从古刹的
骨髓传出，菜园墙角一棵铁铸的垂杨柳
自基因突变后，至今没有长出新绿，也不见
老鸦前来筑巢，倒是早不见了踪迹的那片菜园
仍隐约传出鲁智深与一伙鸟人，大碗斟酒
大块切肉的嘈杂

在落日与佛光的辉映中。大相国寺
千年不破的木鱼声，佛心
与佛性仍相互在交融

延庆观

八百年前,这里是七朝古都所在地
一位创始人将他的全真教在此传播,并达到
鼎盛,随之出现儒、释、道三教合一

时间在延续。创始人的弟子用道家的
理念,让嗜杀成性的一代天骄接受了"敬天爱民"
的思想教化

纪念创始人的观,较好地融合了汉蒙建筑的
文化元素,青砖和琉璃瓦叠加了蓝天的
色彩,穹隆顶擦亮了
中原大地的天空

时间在延续。地下水侵蚀着阁体的
下沉,现代顶升技术的运用,阁体重新
露出了百年前的面容

香火在延续。由于足够信仰的滋养
且没有阶梯可供攀登,供奉在三层玉皇阁里的
玉皇大帝,更加重了高高在上的神秘

无法察觉超然于世外的玉皇大帝的喜怒哀乐，却隐约感受到玉皇大帝曾经召神遣将驱邪除魔的忙碌。

黄河花园口决堤扒口遗址

这是一个民族鼓起在大地之上的河床
犹如辛劳的母亲鼓凸着的血管

赶在落日就要坠成诗意之前
打车前往那个一言及就作痛的遗址
当年从母亲血管炸开的豁口
流血虽早已被堵住
但结痂始终无法脱落
曾在郁苦大地泛滥的
如宇宙洪荒般的噩梦和惊悚
仍在天空悬浮

这绝不止是一次痛
在落日低沉的叹息声中
母亲血管里曾经的那股忧郁
从我灵魂深处咆哮着
浩浩地流向大海

清明上河园

这是按照一比一比例复原的
历史文化主题公园
沿着十月的阳光踏进去
风物景观和民俗风情
虽然没有原作一千多年的包浆和质感
但庙宇、公廨、茶坊、酒肆、脚店
仍散发出千年前的旧味
民间游艺、杂耍的表演,借助现代的
舞台技术,似乎更加闪亮
据说斗鸡,确实是北宋年间的方式
而摊位上杂陈的也确实是一些21世纪的百货

时间的光线,不断穿过清明上河园的肉体
夜幕,熨平了帝国古都曾经的沧桑
当一束霓虹灯光投进汴河
在映出的一个王朝魁梧的身影里
又摇曳出沉默了千年的喧哗与嘈杂

新疆游七首

乌鲁木齐大巴扎

击打在民族声带里的鼓点
颠覆了游客的脚步
火热的"赛乃姆"
旋起多元结构的气韵
落日,直到月亮爬上树梢
仍在广场的高楼间不肯坠去

英吉沙小刀精巧的造型
跳动着民族工匠的智慧
编刻上的识别号码
有利于锁住流血的伤口
锋利的寒光,最适合削割
烤羊排成熟了的气质

注:"赛乃姆"为维吾尔民族舞蹈的一种。

赛里木湖

初夏的热浪已袭进高原的肌体
亘古的雪,依然
绵延在天山的脊背
赛里木湖蔚蓝的眼眸
荡着迷人的春波
纯情的目光
令人琢磨不透湖是如何变成
大西洋的最后一滴眼泪

毡房重叠了雪山的视线
寒意,正在红炉上升腾的
奶香中遁去
而不断燃烧的酒意
却来自,草原血液里
渐渐升高的热情
把心安进毡房的时候
梦已泊向了苍穹

当月色被虫鸣撕开
却记不起星星是如何
钻进毡房的

霍城薰衣草

穿越果子沟由果香
浇筑的公路
新雨过后
薰衣草倏然漫向天际
早夏的风
轻抚薰衣草蓄满油脂的
丰腴身姿，起伏之际
亦如浴后动情的小腹

蓝紫色的眼光
带着异国的血统
浪漫的笑意
缠绕住了白云的思绪
绽放了的个性
触摸阳光的肌肉
夕阳中温婉的情思
燃起一片昨日的欲望

喀拉峻草原

夏的翅膀刚扇开
喀拉峻草原就漾起
绿色的涛声
鲜花

以怒燃之势在雪山腹部
升腾起浪漫的火焰

金雕把意志筑在
梦想之巅，从猎鹰台上空
旋下的身影
嵌进万丈绝壑
静谧的回响
融进雪山的圣洁

伊犁天马的蹄声，仍夹着
西汉战胜匈奴时刀戟的寒光
哈萨克族年轻的骑手
把鞭声挥向空中
马鞍上起伏的律动
应和着草原的心跳

悠长的牧歌自草原深处
穿透天宇
歌声的翅膀在晚霞中
伸展

库木塔格沙漠

绿色的风，轻抚着
沙漠羽毛状的肌肤
无所谓丽质

色泽一如处子般的光洁

沙漠记忆的目光
如野花的火焰般,触摸
楼兰古国无法停歇的心跳
沙泉沙湖的咳声,依然呛出
遗落在古丝绸之路上
驼铃的印迹
以及孤烟把大漠
越抱越紧的背影

体验沙漠浴的患者
从沙缝里探出一幅苍茫的脸
人与沙漠的温度
其实是天人相融的温度
鄯善沙不进绿不退人不迁的和谐
被历史的轮痕延向远方

巴音布鲁克湿地

沿着马粪指引的路径
翻越天山的脊梁
独库公路将南北新疆的风情
蜿蜒成了一曲高扬的草原长调

山不断飞向远方
从天鹅翅膀抖落的霞光中

巴音布鲁克草原从高寒的浴池
探出裸露的身段
起伏的曲线
溢出四季长长短短的牧歌

湿漉漉的草搓揉着风的形状
蝴蝶哼着小曲撩拨着花的热情
在略显苍白的暮色中
草原湿地泛起温婉的烟波
至于后羿射下的九个太阳
是如何落入九曲十八弯的河中
暂且让导游小姐自行去圆说

吐鲁番

雪山的寒意依然灌溉着
草原的新绿
天地穹庐的炉窑
仍烧炼着戈壁与沙漠
燃烧的血折叠了夕阳的金焰

坚挺的风,剥落了
交河故城苍白的锈迹
阳光深陷进斑驳的沧桑里
隐隐发痛
生命的河找不到曾经的峡谷

雪水沿着坎儿井正一路小跑
赶赴葡萄沟的约定
维吾尔族姑娘嫣然一笑
葡萄架上泛起了串串的涟漪

澳大利亚新西兰游十一首

墨尔本

重洋，只是横亘于昨日的一道标识
当把刺透云层的旭日揽进怀中
这澳洲的土地便伸手可及
逆风呈现的除了广袤
还有仿佛缺氧而窒息的清新

初冬脱胎的回响在华夏低吟
晚春换骨的笑声
已漫过羊背的小径
婆娑的树荫
掩不住沉淀了的思想
灌满枝头的火热
摆晃成沉默了的喧嚣

注：澳大利亚有骑在羊背的国家的别称。

大洋路

造物主涂绘的天空
依然绽放着簇新的笑
穿透星纪的阳光
缝制着梦的衣裳

几朵白云仍然守望着
海亘古的心跳
把在岸线的十二门徒
微风中聆听前世的诺言
黑鸟在风蚀的岩礁
投下雄健的身影

展示青春的女郎
搅动着海沉默的性感
从天际舔过来的一抹浪花
吻住黄金的沙滩
洁白的纯情渗进海的血液

在故国飘雪的眷恋中
我握住了夏的躁动

莫宁顿半岛

思绪在海岸线上日夜兼程

追逐飘在云端的那份空寂
呼唤爱的名字

千帆之外的妩媚
抖落风中的恍惚
揉碎在浮藻间的那一抹虹
融进蓝色中

沐浴了的梦
把心安放在涛声中
循着浮沉的脚印
贴耳倾听海誓山盟的回音
夕阳里我把浪花拾起
却把自己遗忘在了这片海

大洋路国家森林公园

载着一车超重了的好奇
穿越森林公路
以一百公里的激情时速
一直向前延伸

挺拔的树插在天空
意志在光辉中繁衍
时光很慢,远古的树叶还没有腐烂
一脚踩下去,生怕
踩碎一截亿年的骨头

原始的气息渗进体内
身上长出四万年前的叶片
袋鼠咀嚼着人类的语言
消化功能不断增强
考拉依然栖在梦开始的地方
注视着这一片远古的宁静
独自入神

皇后镇

南阿尔卑斯山顶的雪
依然笑容满面
时光逆流而下
皇后镇的夏已是身怀二甲了

河流的掌纹中带有雪花的晶莹
河床底部的石块秀着肌肉
也蕴藏着火焰
汇入湖中的一股涛声
重复着来自天际的萌动
击不碎的誓言
在坚硬的背影里凝固
沉重的翅膀寻找时光的方向

瓦卡蒂波湖

汽车旅馆的小窗

适合听晨曦探出云层的声音
看太阳拖着疲惫躯体裸身后
缓缓入浴雪山的柔情

浸湿了小镇影子的溪流
鸳鸯梳理着昨日的雨意
行走在青石板的光阴
踏碎古镇年轮的斑驳

麻雀在面包店门口啄着时光
萨克斯的诗行
融化枝头的岁月
瓦卡蒂波湖夜晚撩人的微风
炭火炉上的牛排鱼片
让我想起家乡的小酒盏
还有自酿的糯米酒

沃尔特牧场

牛群啃噬着岁月的宁静
奶香盖过了草原的温馨
没有被驯服成拉犁的那根骨头
被烤成了几截牛排

绵羊咀嚼着大地的馈赠
被剃度了的柔软
微风湿润了旧时光

温婉的咩咩声
在炭炉的目光中嗞嗞作响

野兔眼瞳中望出去的那份暧昧
羞红了夕阳的半边脸颊
鹰倾斜的翅膀
屏住了天空的呼吸
雨后，草原滴着婴儿般的微笑
所有的忧伤被虫鸣抚平
夜晚，在篝火的鼓动中
我寻找丢失的牧歌

瓦纳卡湖

葡萄树正值壮年
煽情的叶子掩不住风情的蛮腰
软绵的长势
摇曳着夏的浪漫
被修剪了的肢体
不断长出酒意

蛰伏了寒冬的蒲公英
飞絮已忘了记忆的门
在季节的缝隙里装点行囊
向着洁白的恋情神往
无名状的花朵堆满阳光的笑容
蜜蜂把内心深藏的秘密

倾吐在果树的枝头

将梦背上瓦那卡罗伊峰
把心搁在白云的笑意上小憩
坐观鹰牵着蓝天的思绪
在雪山之巅浮沉

格林诺奇

打着烤牛排的嗝
和着摇滚的律动
握着冬夏风景线的交融
拥着蓝天的风情
拽着最美自驾公路向前延伸
直追到太阳害羞地钻进雪山的帏帐

天空积聚着水意
云层堆满潮湿
握不住高空跳伞的恐惧
如同那场美丽的邂逅
微笑中握不住梦里的手

特卡波湖

麦肯奇盆地的暗夜
虫鸣的眼神睡意中带着好奇
好牧羊人教堂的祷告声

已在雪山之巅融进神秘

约翰山的目光伸向远方
穿透苍穹的笑意
星星的语言格外清纯
俏皮的眼睛
点亮童年的记忆

牛郎织女依然把爱筑在水意里
相思的雨
在银河里泛滥

从天际飘下的一片树叶
正好落在我微温的酒意中
循着南十字星的指向
我把脸颊贴在，故乡
滚烫的胸膛

基督城

留恋，只是因为昨天曾经相拥
作别，只是为了明天再相见
通向天际的山
溶自雪山的湖
绵延的海岸线
还有温婉的异国风情
相遇了，就未必真正拥有

遥想故乡我那东篱之下
此时该有鸡鸣犬吠
正值枫红菊香
让我在周末的午后，沏一杯香茗
把一壶村醪
在淡淡的乡愁中，再回味
这异国的风情

殷家湾

当山屿、堤岸、埠头,连同整个
殷家湾的体温被寒流触摸
一截安静但易分蘖乡愁的时光
直抵湖边人家

收网后的湖面仍有涟漪在荡起
小舢板卸下倦意后,泊在
自己的影子里。阳光弯曲的午后
晒鱼鲞的男子,用菜刀
将东钱湖的烟波浩渺剖开
鲌鱼、青鱼穿梭在湖水骨缝里的往事
带着阵阵灼痛正风吹四散

被晾晒在日子空闲处的恬静
从暮色中溢出,楔入了
一位欲逃离喧嚣
过客的目光中

在西苕溪

一条清深的溪流,从青山翠峰间逶迤
穿过,两岸明艳的颜色衬托着一方的恬静

桃花已被流水带走,戴箬笠穿蓑衣的身影却
无法沉入溪底,空蒙溪面上那些斜风细雨里的
情志正在被钓起

流水无言,但溪面晃动的古老光阴
在岁月的冲刷、磨砺中,依然保持着
清晰的脉纹,沿溪慢溯,记忆
凝视着双眸,感怀于一次不期而遇
终究无法相忘于
江湖

星空低垂,野旷空寂,沉溺于
那朵走失了的渔火,仿佛梦境中
飘远了的一星光亮

第四辑 ◎

找
根音

铜火熜

一只铜质的火熜
作为母亲当年的一件嫁妆
是日子闪出光亮的一个原点

火熜里的暖
曾经填满寒冬的缝隙
烘热她的孩子们童年的歌谣

告别火熜的人
在空调的房间卸下
体内的寒,并安顿漂泊的灵魂

守着火熜的人
用她记忆中的暖
驱赶岁月漫长的孤独

如今,火熜作为一件收藏
被搁在了书房的书架上
它黝黑而饥渴的胃里
那一堆烧红了的木炭依然醒着
但我触摸到的是它期盼的目光

木提桶

伴随这个家存续的许多物件
在光阴的冲刷中渐渐地走失了

一只朱漆的木提桶
寒意中抱紧消瘦了的面庞
沉淀在隔世的时空中

时光仍在不动声色地打磨掉
提桶当初光洁的色泽
从越发苍老的神情中
显露出纹饰深处难掩的失落

提桶体内依然保持着
往事新鲜的模样：红装的队伍
唢呐的回声，被喜庆擦亮了的光景
以及一段古朴典雅的历史

光芒照亮着生活的渴望
如果给提桶髹上一道漆
能否唤醒提桶心中越来
越深的孤独

袁大头

打开收藏的盒子如同打开
一部史籍,显赫的头像
占据了历史的一片天空

头像被铸进银圆
是对山河的撼动
作为政治性的龙的图腾
枯叶般在大地上荒芜

睥睨眼神下的山河
激情奔腾,又
骤然凝固,历史
如一缕孤烟
飘过凄寒的峰顶

从历史废墟中渗出的
血液,在岁月沧桑中流淌
愈发浓稠的记忆
风吹不去逝者的痕迹

注:"袁大头"是对袁世凯像系列硬币的口语俗称。

镴酒壶

一把镴酒壶
父亲用来在冬天温热
自酿的村醪
镴酒壶大而深的肚中
盛装着父亲那一小片的田野与
淡淡的人生

器皿拙朴的匠艺
掩不住作为手工镴制品的尊贵身份
村里婚丧嫁娶的酒席上
庄稼人醇厚的民风
用一把把镴酒壶温热和传递

时光打磨着镴酒壶记忆的轮廓
酒壶内的心空逐渐暗涩
直到父亲在酒壶盖一样隆起的
山中安睡,直到每年的清明节
我为父亲斟上一杯用酒壶温热的思念

父亲的锄头

一把开垦生活的锄头
伴随着父亲，挖掘出
大地无数艰辛与快乐的时光

从地上长出的自信
轻抚着阳光的心境
迸出的新芽
擦亮了大地憨厚的笑意

铸进锄头血液的意志
将天空斑斓的色彩
搬迁在贫瘠的土地
几近风干成筋骨的大山
秀出丰腴的肌肉
种下的希望
在岁月的沧桑中发育

渐渐累弯了的年华
依然透出青春的影子
浇灌着日子背面的迷茫

滴在泥土中的那一粒汗珠
融化着大地的沉默
无声的语言
触摸到了种子的渴望

千层底

十八岁年轮的拐弯处,脚步迈向了
远方,无声的千言万语
缝满泥土气息,塞进了簇新的
旅程。踏在异乡的光景
牵动母亲多愁的神经,一脚一印的
泥泞,唠叨成遥远的叮咛,平安就好
的祝愿,清泉般浇灌浪子的心

灌满军号的解放鞋,丈量了铁血军魂
皮鞋锃亮的表情,闪出些许
生活的时尚。时光的脚印
虚荣着耐克、阿迪达斯的浅薄

封存在鞋底的孤寂,让久违的心触摸到
温暖的思念,千层的担忧
一针针纳弯了母亲佝偻的背影,也压弯了
母亲夕阳中的笑意。沉重的思绪
在空虚的夜晚无处安放,一遍遍纳在鞋底的
嘱托,苍老了母亲期盼的眸子
望穿秋水的目光在风雨的侵蚀中,犁深你

前额的沟壑

执着的顾盼被春天悄悄地掩埋，纳在鞋底的
笑容，在午夜明灭不变的灯火里酥化了晃荡的乡愁
呵，母亲！在千里之外的他乡，我仿佛
看到你沉重的叹息

纳进了心中的千层底，再曲折坎坷
的路，也能走得直行得正

老屋

老屋越发沉默寡言了
夕阳中浓缩成了一本
精致的古装书
燕子倒是照旧来翻阅
曾经的往事
从衔来的时髦语言中
也带着些南迁北往的辛酸

头顶的那一抹云彩
依旧如婚纱般簇新
池塘打水漂漾起的波纹
仍泛着童年的笑意
平仄不齐的乡音小调
如酒坛中溢出的醇香
召唤着远方的脚步

一阵风吹过
梨树花开的声音
落进我的行囊

梦中，我蹑足走进院中
寻找母亲遗在纺车声中的
眷念

西岩之夜

几缕炊烟草草地吞没了暮色
留守的村民在村口聊完天后,便躺在
各自门口的躺椅上,面对着水库消夏
他们凝神听月光弯着身子
咕咕咚咚喝老槐树边上的那股清泉
看库面、山气、村口的几盏路灯
一杯茶、一只狗、一束用来
驱蚊虫的长长的蓬蒿,陪伴着
他们的孤寂,陪伴着老槐树眼中的
那一抹守望

星星绚丽的语言
已把村庄哄入梦乡
而蓬蒿微弱闪烁的火苗
始终不肯淹没村民心中的夜
仿佛火苗要把村民的孤寂燃尽
当稍远处山路上过往车辆隐约的灯光
从山岚的缝隙里闪过,犹如
掠过一片喧嚣
村民点燃了睡前的最后一支烟

今夜我拥有你的妩媚

念想你的时候
心潮漫过白云的额际
思绪的波涛
拍打远方召唤的回声

潮起潮落

美了一个傍晚的红盖头
终于被月光之手
悄然揭去
端庄的仪容
在清纯的羞涩中
展示着熠熠的妖娆

泛着淡淡红晕的笑靥
溢着甜美的遐想
掩不住脉动的峰巅
在夜的静谧中耸涌
低凝的眼神
燃起今晚蠢蠢的爱

我拥向你
触摸你手心怯生出的汗
吻住你惊艳如昙花一现的
那一缕
乡愁

或许乡愁

像是努力去赎回愧疚,抑或
有了某种依恋,礼拜日又一次
驾车回乡下

几名小孩从教堂玩耍完出来,嘴里
学着《圣经》里的赞歌
水渠边被奔跑声惊起的白鹭
倏然将时光飞回至 40 多年前
尚未被改造成教堂的水轮泵房,水轮机
始终碾不碎 1960 年代孩子们的好奇

清澈的小溪,是奉化江的源头
鱼群在水底嬉戏泛起阵阵的水圈
几个村民在溪里钓回一天的时光
村妇依然喜欢结伴在月光下的
清溪里浣洗衣裳

农田改种成经济作物后
已不闻遍野的蛙鸣,见不到
满畈的稻浪

如今梯田上四季翠绿的是雷竹
次第开放的是桃花、梨花
迎霜傲雪的是红枫、五针松
……

一年重复着一年
风雪的节奏依旧，泥土的芳香如故
安置在城市喧嚣里的人，面对这出生的土地
似乎找不到惜春的枝头，也闻不见
悲秋的雁鸣
而纽结在时空里的那股情思
是每次踏上这片土地的
汽车发动机钥匙

雪

风,裹挟着漫天的任性
擦拭着大地沉郁的表情
潦草的雪花,在山川、田野、溪谷
屏住呼吸的心跳中恣意撒野

小溪迷失在回家的路途
在黄昏里蜿蜒恍惚的梦
依然缠绕着春天的记忆
乌鸦孤单的身影
抖落一片无声的语言
裸露在玉米地里的枝杆
在寒意的啃噬中
发出最后一声嘶哑的呐喊
而雪里蕻,正抱紧返青的信念
目送一抹夕阳从山峰间隐去

西岩村几个留守的村民,围在火炉前
烘烤着淡淡的辛酸,并用手机告诉
城里打工的儿子村前山路积雪的厚度

从炉膛里窜出的一颗火苗,擦亮了
天空充满弹性的皮肤,也熔化了
一朵雪花的思绪

冬月

十五的月光
抚摸着元旦的西岩村

斟满星辉的酒杯
品着乡愁
空荡荡的山谷
星星的身影独自徘徊
羞涩的心思
搁浅在老槐树的胸口

溪水顽皮地亲吻岩石
不变的誓言一次次碰撞
顺水流走的往事
带不走挂在树梢的影子
潮湿的时间堆满执着

追月的思绪
从简陋的门缝中进进出出
枕在床头的月色
挤扁午夜的梦

晾干裸露的对白

月亮回家的时候
圆圆的思念
凝成了满地的霜

尚书第

沿着乡愁铺就的路径
穿越连山的苍郁
当年工部尚书告老还乡的宅居
把一个小村
矗起了永久的地标

门楼坚持着最初的本真
踞守的石狮,仍保持着
500年未见倦意的威猛的笑
拴马石依然系着
马铃隔世的喧嚣

穿越门楼至庭院
仿佛穿越一段岁月的浮沉
翻阅主人流淌的往事
回声阵阵
为官清正的冷肃犹在
抗击倭寇的坚贞犹在
受皇帝嘉奖的谦逊犹在
给皇帝介绍乡情

"红米白饭岩骨水
绿茶嫩笋石斑鱼"
的微温笑意也犹在
而,遗在年轮中的沉思
早已被门前的清流激湍
屋后万顷竹海的涛声
酿造成
耕读传家的甘醇

福星桥

一个朝代的工匠
用七年的时间
把一波长虹砌在了
蓝天的倒影中
从五个虹洞流过的
奉化江源头的鸟语
沁入四季的脉管

被固化了的梦
守望着世外田园的静谧
而工匠的体温
在百年的寒暑过往中
依然伸手可触
雕刀的锋芒
在堆满笑意的浮雕上
无法锈蚀

蹲守在栏杆上的石狮
风雨梳理了的妩媚
掩不住额角的几丝沧桑

系在青山与白云间的前世情缘
在成串的牧歌中流淌成
今生的爱

奉化江之源

从天台山余脉岩缝流出的
鲜嫩歌声
把沿岸的四季
浇灌成了青色

白云在竹海的涛声中栖息
千年的守望
依然孵着淡淡的梦
群山的弧线
蜿蜒在缠绵的倒影里
泥土下萌动的春心
撩拨着丛林深处的火焰

梅林鸡啄醒田园的
第一颗新芽
紫苜蓿沐雪后的冷艳
把远处的炊烟
消融得又高又瘦
山花以爆燃之势
漫向天际

白鹭用细长的脚
在牛背上撑住一片落霞
温婉的眼神
触摸大地的脉息
夕阳的碎片
无法洗去流入心底的颜色

在星星扎根的地方
月正升起

沉默的竹排

一只曾在溪流中乘风破浪的竹排,如今
横陈在波澜不惊的江天之间,被当作风景
系在了游客好奇的目光上

水面清澈,竹排满载的是
长篙点开的笑声,是临风品茗者的
惬意,是那棵315年枫杨树漏下的斑驳星辉

那些山里人逆流而行的艰辛,正沉入水底
水手疲惫的身影,随溪水流逝
沿途的险滩与暗礁,已成为生命航程的遗址

两岸的山歌如期盛开
春雨之后,溪流的身段开始丰盈
在逐渐温和起来的时光里,竹排那颗
不甘沉寂之心,在风中随波起伏
切慕的远方,依然渴望驾驭它
的水手

灯火凝结在清凉的时间上

山野静寂，星空浩大
一条溪水，晃动着几波逐渐被淡忘的往事
从小镇的暮色中穿过

来自嫩绿柳丝缝隙的风，仍带有
几分寒意，两岸灯笼泼出的光
不断被黑夜吞噬，几个闲散的村民
在廊桥上咀嚼世事的况味

在空中招引游客目光的民宿霓虹灯
被小镇的宁静托举，加重着
幽暗的质感

今夜，一颗乡心枕在了
醉意熬制的孤独里

古树

小镇临溪的一棵枫杨,硬朗的腰杆上挂着
古木名树的金属保护牌,高大的树冠
托举着湛蓝的天和绵白的云

三百一十五年的往事,在继续生长的年轮里珍藏
略显古老的浓荫下,聚集谈论那些逝去的
与尚未到来光阴的村民越来越少

树边的小屋,白发老媪侧门而坐
额角上的河流,泛着四季的微光
安详的眼神,内心的轨迹不易被察觉

树欲静而风不止,脉管里的
绿色血液,涌动着沉默的喧嚣
作为见证和呻吟,此刻
古树正抽出嫩绿的枝叶,而老媪
凝重的目光,渐渐被
暮色淹没

三维彩绘农耕图

满眼的春意收拢于一面墙体,也收拢于
自身的青山绿水里,收拢于那片田园
千年的恬静里

远处的小村,透着隐约的粉墙黛瓦
几只白鹭,扇动着天空的蓝
衔来几缕淡淡的炊烟

不规则的梯田已蓄满了雨水,水面泛着
潋滟的光波,白发老农高挽着裤管
一手抚犁具,一手执牛绳
用渐渐失去色泽的土语,吆喝着黄牛
犁醒沉睡已久的大地,犁醒
那个依然倒影在
水田中的梦

黄牛应该很久没有犁地了,健壮的肌体
暗自长膘,对肩上的牛轭已有些
不适应,轻轻仰起的头

投出几分凝重、迷惘的目光
微微颤动的嘴角
欲说什么

第五辑 ◎

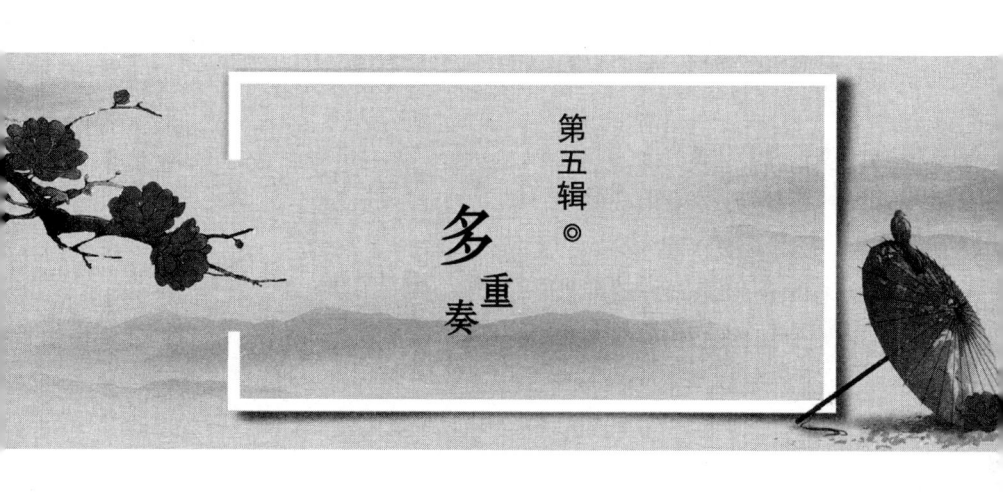

多重奏

宁波港

甬江泛着五口通商的帆影
三江口回绕千年古渡的桨声
潮水把桅樯摇成历史的音符

蓝天的脉搏
连着码头作业的心跳
水手缆桩上的词藻
凝住了汽笛雄浑的笑意
巨轮在金色的岸线上
谱成洁白的诗行

港口的希望
在装与卸的速度上穿梭
一次次惊喜的记录
传向四面八方
"蓝眼睛"赞叹的目光
兴奋了海鸥的翅膀
"高鼻梁"惊愕的鼓掌
湿润了海风的眼眶

通明的灯火
洗去了一夜的辛劳
喷薄的朝阳
抚摸激动的波浪
宁波港微醺的心啊
已把五大洲吞进梦想

注:"蓝眼睛""高鼻梁",此处指外籍船员。

桥吊

和煦的朝阳
抚摸港口英俊的脸庞
桥吊青春的手指
擦亮了天空

排满岸线的信心
构成了港口的伟岸
一代代港口人的期盼
吊臂轻舒的弧线
谱写着新的乐章

巨轮满载着星辉
在蓝色的波涛里穿梭
伴随的疲倦、风暴和希望
桥吊为它们在码头和大海之间
谱成和谐的诗行

梦想在酿造
身后,是堆场、输电铁塔、卡车
金属的轰鸣声继续浇灌着港口
成长的年轮

水手

一艘船,因为怀揣远方
载满涛声的梦,在斑斓的星辉里
更增加了质感和重量

我要靠岸——
在视线所能企及的前方,船
犁开海天苍茫的界线后,正发出
雄浑的呼喊

一名水手,因为坚守了脚下的位置
在海风劲利的语言中,更懂得
大海的幽深,严峻与坎坷
面对黝黑的颠簸和涌动
水手正从礁石般的脸上,取出灯火

当船将摇晃的目光,凝在
水手挂满波浪的期待上
水手用缆绳,把船拽进
自身体内的港湾,并系在
坚毅的自信上

汽笛

一缕穿越时空的汽笛声,擦过
大海朦胧的额际,海燕劲利的翅膀
刺开薄薄的晨雾,旭日
在涛声平缓的心跳中分娩

阳光带着几分妩媚,缠住了岸线上
桥吊、塔架、缆桩透着咸腥的骨骼
堆场上的集装箱车,像大海里的鱼群
按照各自的走向快速地奔跑
年轻的码头工人手持对讲机,黑陶般的
脸庞,闪动着粼粼的波光

仰起你们的笑脸来,天空
以灿然的眼神凝视大海
长长短短的汽笛声在盛大的天空
回响,港口簇新的思绪
被海风拉长

海港工匠（一）

流淌在历史之河的匠艺
被海港工人从岁月的蒸腾中拾起
那些弄潮的汉子
从大海湛蓝的内核汲取热情

他们用吊机钢铁质地里的柔情
不知疲倦地翻阅大海鸿篇里
泊位与巨轮的册页
一段段浪尖上的颠簸被卸下
一截截波谷里的咸腥被晾干
一缕缕阳光下的畅想被梳理

他们用岁月淬炼的维修工具
检修设备的阅历和磨损
把积聚在设备肋骨内的疼痛和倦意取出
一个个潜伏的病灶被消弭
一道道滴血的伤口被缝合
一处处年轮里的锈迹被擦除

他们用波光中燃烧的灵感

在工匠室编织潮水般的梦
星辉里结出的珍珠
在海港的血液里粼粼涌动
一项项技术难题被攻克
一组组发明创造被应用
一串串专业成果被摘取

……他们将初心泊在
阳光的潮声里
风雨中坚守
四季轮回里传承
举向天空的手臂
撑起一个产业的春天

劳模、先锋、能手、标兵……
涛声沐浴了的名字
——发光

海港工匠（二）

向海而生，依港而兴
激情来自你体内的海

你用精巧有力的手
拨开海港的晨雾
星空的宁静
吊机的嘶鸣
浸透你青春的爱

春天，你在传承与创造的文明里耕耘
植在历史骨骼里的种子长出鲜亮的目光
夏天，你用汗水煮沸一片蓝天
攀缘的希望在雄浑的交响中燃烧
秋天，你在巨轮的汽笛声中
捧起海港霜风染红了的笑容
冬天，你用血脉里的暖流
融化涛声中的积雪

当一句句兴奋的词语
在浪涛中不断撞击出火花

已凝聚成海港之魂的一颗颗匠心
把古老的海港锻造得英姿勃发

当海港的梦泊向宇宙的春天
春潮又一次从你的脸上泛起

海港的灯火

海风,正悄悄将
黑色的大氅披上大地
汽笛声,漫过傍晚的每一个遐想
港区的灯沿着海岸线
一盏盏笑了起来

灯光投出的热情
融化冷风中的寒意
喧嚣的夜空,泛着
从大海深处涌起的波纹
循着各自的经线和纬线,巨轮
鱼群洄游般穿过地球的表面

被灯光打磨的海面
更显辽阔与浩瀚,轻轻打捞起
浮沉于海天之际的星辰后
借助吊机的高度
海港工人又一次完成
对这一片海前世今生的眺望

被灯塔照亮的海

这是一片被燃烧的热情煮沸了的海
岛屿、海岬、岸线从寂静中
苏醒,展露出骨骼里的俊秀
涛声、帆影、白云彼此
拥抱得更紧,绵延的情思
浸润着夕阳的余晖

晚潮中的灯塔
把爱建在体内的光芒上
每一缕光都举着初春般的颜色
穿过大海饱满浑圆的内心
流淌出蓬勃的气息
夜空铺开宽敞的航道
远航的巨轮越驶越近

触摸着大海蔚蓝色的呼吸
海港工人把珍珠般的梦
揽进怀中

台风过境

在一片灰蒙蒙的天宇下
台风过后的海隅,依然
有狼嚎般的啸声在盘绕
岸边夹竹桃的枝头摇晃着委顿的语言

鸥鸟早已从翅膀上抖落了风暴,翻飞着
轻轻掠过倒伏的芦苇
试图唤起芦苇昔日摇曳的柔情

岬角上风力发电机巨大的叶片
继续以悠然的节奏
扇动着海面阴郁的波纹
而海面下的暗流正从起伏的情绪中退去

张在潮涧带的网
风暴中挂满的鱼群惊恐
正被一个村民划着小舢板轻轻地收起

海水混浊的体液
仍在析出暴雨透支了的疲倦

一只寄居蟹从洞穴悄悄探出脑袋
看见几朵仍在徘徊的乌云
眼神充满疑惑与不安

和台风扳过手腕的港口工人
解除设备防风锚定后,正把一个平安的港口
发在朋友圈里

上班族

当鸟鸣唤醒第一缕阳光
行程已在第一趟公交车拥挤的喧哗中
车内摇晃着朦胧的睡意

阳光在行走
一根根艰难地挤进楼群高耸的缝隙
写字楼里的文员,荧光灯下
正在起草"阳光工程"的公文
但目前窗外几截细小的阳光
依然无法穿透窗玻璃点亮他的灵感

靠窗的主管,空间狭窄
茶杯、电话机、书架,以及
润洁的额角有几丝淡淡的侧光
凝重的眼神,不时地透过窄窄的窗缝
看看楼宇夹缝上方的天空

阳光在倾斜、在下沉
楼宇里描绘梦想的人
笔端的冥想仍在延伸

当霓虹灯为夜幕降临导航
他们卸下暂时松弛下来的疲惫
匆匆的行色
淹没在车流的洪峰中

清洁工

普遍操一口纯正的原生态方言
而衣着已标上了城市美容的印记
一把扫帚、一只畚箕和一辆手推车
搭起职业的舞台

早餐常常饮一些露水充饥
晚餐往往佐一盘清瘦的月光
一向坚守在烈日下扫光阴
被烤晒成铁塔模样的同时
也拥有了铁塔一样的骨质

马路上落叶的心情完全能理解
扫帚总可以为它掩埋惊秋的慌张
而市民随手扔出的不文明
难免有些不可思议
当畚箕盛满年轮的碎片
亦苦苦思索职业的尊严
好在暑来寒往,早已适应了比零度
还低的眼光

汗水浇灌了路旁
树木花草成长的风景
从家乡搬来落户的小鸟
用歌声啼造一片宁静

面对在空调间办公的人们
清洁工高温下仍坚持孵着
一个艰辛的梦
他们把心扎在城市的每一个角落
把城市清扫成自己所喜欢的那种样子
灵魂却安置在城市之外

蔚蓝色的梦

帆,在汉朝时就已扬起
出海的船,沿着东方海上丝路
载着满舱的强盛,驶向历史的自信

风雨的年轮,在荆棘的历程上成长
波峰浪谷里的足迹,一直伸向远方,而搁在
浅滩上那滴痛楚的泪,至今无法风干

隔着破空的汽笛声,穿越时光的版图
海岸线已挤走了泊在鸦片里的烟云渺茫
重新醒来的海滩,在沉落的回声中
寻找曾经奔腾的潮音

从嘉兴南湖摇出的小船,在茫茫不见黎明的浓雾中
用信念矗起民族的桅杆,镰刀和锤子组合的力量
以劈波斩浪之势,将星星之火
摇成960万平方公里的红浪

当小船驶进宇宙的新纬度,十月的阳光
在海平线的轨迹上延伸,浪尖上一段潮湿的历史

随着夕阳退潮

承载了太多渴望的港口，在旧貌换新颜的号角中
岁月的咸涩纷纷抖落，沉郁的酸楚——坠入海底
坚硬的意志扎向波涛的深处。沸腾了的海滩
钢筋和混凝土浇筑出簇新的意境，防浪堤把汹涌的惊涛
晾晒成咸咸的影子，海风收敛了张扬的个性
海铁联运的钢轨，河流般奔向出海的航线
千吨级，万吨级，十万、二十万吨级……
不断打破靠泊记录的码头，沿着海岸线一路排了下去

插入云端的吊机，挤瘦晴朗的天宇
装满胸口的蓝，掩不住起伏的潮音，闪烁的航灯
唤醒千年前海丝之路遗在启航处的笑

巨轮结伴而至，共赴改革开放的约定，水手
擎蛟龙一般将一段风雨的摇晃，一船颠簸的希望
纤纤然地系在了大海隆起在码头的脊背上，港口
擎起引领经济腾飞的航标，独占全球鳌头的货物吞吐量
在民族复兴的航程上不断攀缘

当港口的坐标大步跨向海洋，燃烧的笑意握住了
大海跳动的脉搏，沿着红船指引的方向
21世纪海上丝绸之路春潮如歌，蔚蓝色的梦
掠过涛声的翅膀，惊破霞光的妖娆
又一次远航的帆，驰向绸质的天空，挺直了的
脊梁，旭日正从胸中升起

变迁

积淀千年鱼腥的村庄
挖掘机的野心
在渔村黝黑的肤体上
梳理着渔民的梦

依稀的思念
在空荡荡的房子里升腾
摇曳的渔火
散落成塔吊的坐标

沉睡的山峦
流淌着破土的笑声
铁轨河流般的思绪
奔向出海的航线
目光直指那一片
深邃的蔚蓝

搁在村口的汽笛声
踮着脚尖
打量熟悉波涛中

迎来的巨轮模样

捕获希望的海滩
集装箱堆起的高度
延伸着丝绸之路的跨越
箱体上的英文字母
跳成了中国的象形文字

跨海输电铁塔

用来连接跨海输电线路的铁塔
被架设在大海隆起的脊背
刺向天空的枝杈,是否
擦伤了天空的肌肤?
肩膀上的高压,是否
感受着波谲云诡?
从隐忍的沉默中,我宁愿相信
大海已被架在塔尖之上

天空高寒,大海幽深
架在两座铁塔间的电线
强大的电流急速地奔跑
看不见的光明、火花以及力量
波澜不惊地涌向生活的港湾

留在口碑上的责任

这是一片广袤而多欲的大地
四季分明,难免也有混浊的空气

一声春雷
贯穿了960万平方公里
洁净的风吹过
他们在七月的天空刻下誓言
特殊使命融进血液
心灵燃烧的火焰
淬炼了铁肩上的道义
阳光下,他们将乌云中那些
颓废和麻木的思想切开
取出骨骼里的谎言
切除信念中的毒瘤

透过浓荫的晨曦
唤起大地强健而规则的脉息
清泉汩汩,群山巍峨
遗在时光里的口碑
在历史的章节里发光

慈城清风园

这是用人文沉淀打造的
主题公园，钤在每一景物上的旨意
静默中袒露着淡然的眼神
丝丝微风，正拂过千年的慈溪县衙
穿堂而来

砖墙、青瓦、石径、修竹……
未曾褶皱的历史
在古县衙透着本真的清馨
鉴壁上先贤的告诫，历经风雨洗刷
仍保持着当年的切切
森然大堂上的匾额
从它高悬的目光深处
射下一团冷焰
让心中有鬼者噤声退避

日出月落无声
园内一切静止无声
年轻讲解员娓娓而稍带严肃的解说
透过警钟浑厚的回响
渗进世纪的深处

等待

一场疫情，将这个冬天凝结成一首
惶恐的哀歌，晴朗的天宇下
看不见的冠状毒魔在肆虐
健康的肌体被侵袭
无端的生命被吞噬
大地无奈穿上防护服
蓝天被迫戴上口罩

九省通衢的大城
飘荡着空寂的回响
鹦鹉洲在凄鸣
黄鹤楼在孤悲
汉水在叹息
长江在呜咽

疫情在蔓延
芒刺般惊触的痛感，在寒风中
燃烧成万民同心的意志
战瘟神的号角在血管中呼啸
四海的医护人员在集结

八方的资助在汇聚
众志成城的信心
已筑成疫情防控人民战争的基石

胜利，是招引我们扛鼎逆行的灯
让我们在相信中等待
等待融雪的春雷，震碎毒魔的梦魇
等待告慰的捷报，烧向逝者的祭奠
等待凯旋的勇士，与亲人的团圆
等待绽放的樱花，装点江城的春天
等待解冻的河流，唤起山河万里的笑颜
等待九州同庆的欢歌，祝愿国泰民安年年

定风波

强寒潮把时光掀开一个豁口
大地瑟瑟颤抖,天空灰暗的脸色
正暴露出波谲云诡的内心,船只
锚进了内心的港湾,从大海摇晃的目光中
缆桩正企图系住不断蔓延的汹涌

吊机被检修工人加固防风锚锭后,终于
有了一次伸腰释缓的机会,舒展的手臂
挡住了仿佛来自遥远星际的呼啸

寒潮带来的雨、雪和意志里的冷
仍在穿越码头温暖的肌体
对于自然界情欲的躁动
借助气象预报
码头显示出从容抵御的淡定

从远处一只海鸟扇动的翅膀中
焦虑和恐惧正纷纷抖落
一束阳光,拨开了徘徊在
海岸线上的阴云

集卡车

在码头与堆场间
穿梭着一辆辆集卡车,这是
载着一串串梦想奔腾的江河

它们从自身的上游,带着
清纯、奔放和歌谣
越过急弯、危岩和险滩
驰向大海的浩瀚

同时,它们又从自身的下游,带着
波涛、渔火和星光
经过田野、村庄和驿站
奔向大地的辽阔

它们在时光的信念上穿梭
那段没有脚力的年轮,侵略者曾经
架在坚船利炮上的耀武扬威
早已被崛起的民族自信碾成齑粉
集卡车司机一颗年轻的心充满炙热

眉梢托起港口的笑意
车轮辚辚滚动的声音
留下蓝色的希望

金属质地里的美

这些穿行在设备内核里的汉子,都有一个
金属质地里的名字:修理工,技术员,工程师
一副结实的身膀,一袭橘红色宽大的连体工作服
让天空和大海不断从他们身上取走热量

他们倾注在金属质地里的热情
磅礴而温柔,扳手、榔头、螺丝刀构成的交响
在金属内部流淌,消融了设备高强度运转中的
焦虑、恐惧和不安,钢珠、轴承被润滑了的
友谊,让安全运转的信心更加锐利
他们用螺帽咬紧设备与码头的牙关,并用
深蓝的目光将风暴逼退

他们不断地在技术的前沿攀登
用自身专业的结晶发出光亮
照见茫茫大海的辽阔
指引浪潮中的航向

他们来自不同的天和地
遥远的挂牵,他们用乡愁和思念

在自身的体内筑更长的岸线,把花好月圆
安在里面,让爱的人拥有
同一片蔚蓝

春风,让海水变得更蓝

这注定是一个不寻常的年份,当一场
突如其来的疫情侵袭大地,新型冠状病毒威胁着阳光
与生命。战胜病毒、推进疫情防控、复工复产
成了整个华夏的主基调

3月29日,大地仍有几分寂静
一阵和煦的春风,穿越北国的
寒意,拂过江南的细雨,沁润了
东海岸线上的宁波舟山港穿山港区

在2019年的成绩单上,宁波舟山港完成
货物吞量11.2亿吨,连续11年位居世界第一
集装箱吞量2753.5万标箱,跃居全球港口第三位
"这真是了不起的成绩!宁波舟山港在共建
'一带一路'、长三角一体化发展等国家战略中
具有重要地位,是'硬核'力量。要坚持一流标准
把港口建设好、管理好,努力打造世界一流强港
为国家发展做出更大贡献。"
这不是苍白的说辞,这不是响亮的口号
这是初心的召唤,这是使命的践行
这是昨日的答卷,这是明日的试卷

这是深情的嘱托,这是殷切的勉励
这是共同眺望的愿景,这是所有宁波舟山港人
为之砥砺奋进的号角

春雷激荡着大港的心扉,海鸟
在苍老的天空放歌,每一声鸣叫都传递着
自信的希望,海港涌起滚烫的春潮

岸线上的设备,从阳光中汲取力量,笑颜
逐开了海上的云雾,内部钢铁的胸腔燃烧着激情
金属的骨头里蓄满了火焰,所有的经络
被打通、激活,全部的热血在沸腾、涌动
舒展的手臂在蓝天白云间抒写情怀
劳模和标兵在涛声中举起旗帜
喷薄的热情点燃这片喧嚣的海
港区内的集卡车永不知疲倦,年青的司机让
产业的洪流在蓝图上澎湃
堆场内耸立的灯塔、飞架的电网、清晰的标牌
起伏着的气息、流淌着的金色回响
让大地不肯睡去

天空布满星星,闪耀的光芒对应着
每一个明亮的事物,从硬核里迸发的力量
拨弄海港的浪潮,筑牢海上国门疫情防线
推进基本建设,开放合作,转型发展,降本增效……
2020 年的答卷,宁波舟山港的业绩
在 2019 年的基础上
不断缘升……

桨声，不断将波浪翻向新的册页

流水无言，但桨声从未停止
独木舟从河姆渡顺流而下的往事
在姚江两岸停留，扎根，抽芽
盛开的歌谣，带着最初的记忆、憧憬
在生命的航程上泛起涟漪

季节在河流的韵律上行走，先民在河岸撒下的
那粒谷子，收获了被称为最早的栽培技术
稻香擦亮了这里的天空，一瓣瓣安宁的
时光，繁衍着对生生不息日子的欲念
田野广袤，庄稼的枝头滴满嫩绿的声音
河流厚重，远古的波涛哺育初开的方言

新鲜的光阴酿造着生活的甜，一座城在波浪的
回声中翻开历史的扉页，桨声
书写着这座城的开篇献词
"欸乃一声山水绿"。明亮的词汇在大地的
深处闪烁，也抵向更远的下游
抵向更宽广的大海

河的婉约与海的粗犷在这里汇合,多元的风情
绽放文明之花,置州治、立城市,筑城池、建谯楼
一个个人文的图标,逐次钤在了历史的册页上
加重着一座城的分量、华丽与质感

一个帝国的南迁,历史的册页
在时代安定之后渐渐隆起,如同一场邂逅
一座城的前途,在这一刻更加明亮
包容与开放同时呈现,四方的智慧
在蓝天下集合,用刀笔雕刻岁月长河中的繁华
蓄积的力量,开始将目光移向远方
一列列船队,装载着丝绸的柔软、青瓷的坚硬以及
茶叶的醇香,在浪尖上穿行
为东西方的文明穿针引线

一座寓意取自于《易经》的楼阁,将帝国的史实、传闻
以及来自八方的典故汇聚,楼阁内的书香浸润着
一座城的人文,文化的丰碑在四明大地矗起
浓荫馥郁间流出的"知行合一"清泉
点亮了一个学派的光明

天空清澈,月亮与星辰吟诵着诗歌
在人文与流水的纽结处,一个以城市名作为姓氏
的商帮,在这里孕育,从这里走向潮头
波峰浪谷上创造的传奇,在商海的星空闪耀

时间在史册的开合处流动,桨声
摇进近代的航道,伴随着海上的炮火
一个口岸在屈辱中开埠
老外滩、三江口、天主教堂,成了史册里
带血的符号

历史骨骼里的痛在水中晃动。温暖的春天
来自从嘉兴南湖泛起的红浪,风吹送
古老的河道粼粼发光,在阳光雨露的滋润中
一座城的黎明被崭新的信仰唤醒
海定波宁,城市名称里的寓意终于在这一刻
走向成熟

冰雪在炊烟中融化,山茶花摇曳着饱满的
情思,和清纯的絮语
山川、河流、田野绽开美丽的笑容
清新、洁净的时光环绕着
温暖的家园

岁月在长河中流淌,在历史的转折关头
一次会议,为新征程确立了航向
也为这座城送来了春风,敞开了怀抱的
港口,蓄积聚焦全球视线的力量
向美好出发!扬起的风帆,追赶盛大的幸福
激情满怀的航行,桨声抚摸着波澜
每一朵浪花,谱写着日新月异的华章

"以港兴市"镌刻进一座城市的史册
页面里的碧海蓝天,映出
一个民族复兴的
繁华

注:"欸乃一声山水绿",引用柳宗元的诗句。

一切都在收获

那位鉴湖女侠,当年用 32 岁的生命
唤醒禁锢在枷锁里数千年的思想后
这个东方古老的国度,开始以革命建国

怀揣着一个共同的理想,一代代志士
前赴后继,用碧血注入这个国度孱弱的体内
用不屈的脊梁托起一个民族缺乏营养的自信

若干年后,这个年轻的大国用觉醒了的信心
清洗屈辱和悲怆
胸腔里的沧海涌动着澎湃
躯体内的桑田孕育着希望

当第一缕曙光从东方射出
嘹亮的民歌喷薄激荡,期盼、誓言、信仰
记忆里的渴望被一一点亮
惠风和畅,所有的梦想一一变成现实

一条通往康庄的大道,带着鲜明的标志
在成熟了的季节铺开、延伸

大地的每个角落焕发出炫目的光彩
田野、草原、海洋诠释着对东方文明的全部想象

今天，这座被文明和文化托载着的城
在一个大党的带领下，从历史崛起了的册页里
透出江南温润的光芒，升腾起水乡独有的气韵

你听，在这片沃土滋长的五大剧种和五大曲种
鼓点正击打着南国奋进的心跳
丝弦正滑过江南温婉的目光
戏剧的"梅花"竞相绽放，花蕊吐出的情思
擦亮了一个时代繁荣的强音

你看，古运河在落日辉光的映照下
那段一艘艘满载江南富庶的船只被纤夫们
背着纤绳，沿着逶迤纤道拉行的艰辛和沉淀
如今被拉进世界文化遗产的典籍，水乡的倒影里
沧桑消融后，是古越璀璨文化的跳跃
是一个大国重建文化自信的盛景

你看，一座亭，1600多年前的一次名士雅集
饮酒赋诗之举，被修禊为书法史上的盛会
写下的墨迹，在千古的流芳中，依然散发着文明古国
优雅气质里的体香，优美的线条
连接起东西方文明的交往

你看，鉴湖清澈宽阔，会稽山钟灵毓秀

一粒糯米酿成的琥珀色液体，2500年来
让一方水土养育出的多少名士在历史的星空下相逢
举杯笑谈，把水乡的雅韵微醺成醇厚、绵长的文化
月光下，古老的匠艺仍在酿造甘美的醇香
来吧，我们正温一壶豪情，盛邀世界的宾朋
叙谈一个地域新的篇章，续写一个民族
复兴的辉煌

后记

晚潮没有退尽的一缕波纹

这是我的第一本诗歌习作。收入其中的主要是对人生的体悟，情感的思索，风物、场景的描述，以及乡愁、诗旅随感。

作为一名诗歌爱好者，学习写诗源于2017年夏夜在郊外与著名蓝色诗人远岛老师度假时的一次深入谈诗。在远岛老师的鼓励引导和帮助下，已是知天命之年，人生处于退潮过程的我，尝试用平缓的心态、平凡的文字，去审视内心的世界和外部的物象。

当内心想说的话被写出虽显粗糙却略带意象的语言后，带给自己的是一份温暖、愉悦，仿佛在无垠的沙漠中看到了一片绿洲。正因有了这样的一种感悟和动力，又影响着自己努力去发现并呈现属于诗意的物象和内心的感触。这期间，也让我际遇和结识了镇海、北仑、奉化、宁波、舟山等地的作家和诗人，带给我启迪的同时，也拓宽了我的写作视野，我的一些作品或多或少带着他们些许思想的影子。

当诗歌成为生活乃至生命的一部分，因为几缕思绪的跳动，晚潮没有退尽的一缕波纹,如生命乐章中的"小行板",徐步而行。学习写诗近4年来,工作之余较好地坚持了每周创作一首诗的初衷。

终于,在潮水涨落的那一小段间隙,有了检省自己行程的愿望,真心感谢师友帮助和鼓励的同时,眺望远方,修正完航向后,依然感受到自己那份细小而平静的心跳。

是为跋。

毛孝林
2021年7月1日